# Walcyr Carrasco

A palavra não dita

a palavra é sua

# Walcyr Carrasco

A palavra não dita

1ª edição

© WALCYR CARRASCO, 2007

COORDENAÇÃO EDITORIAL Maristela Petrili de Almeida Leite
EDIÇÃO DE TEXTO Erika Alonso
COORDENAÇÃO DE PRODUÇÃO GRÁFICA André Monteiro, Maria de Lourdes Rodrigues
COORDENAÇÃO DE REVISÃO Estevam Vieira Lédo Jr.
REVISÃO São Sebastião Serviços Editoriais S/C Ltda.
EDIÇÃO DE ARTE/PROJETO GRÁFICO Ricardo Postacchini
ILUSTRAÇÃO DE CAPA Eduardo Albini
CAPA/DIAGRAMAÇÃO Camila Fiorenza
COORDENAÇÃO DE BUREAU Américo Jesus
PRÉ-IMPRESSÃO Helio P. de Souza Filho, Marcio H. Kamoto
COORDENAÇÃO DE PRODUÇÃO INDUSTRIAL Wilson Aparecido Troque
IMPRESSÃO E ACABAMENTO NB IMPRESSOS
LOTE 783604
COD 12055561

Dados Internacionais de Catalogação na Publicação (CIP)
(Câmara Brasileira do Livro, SP, Brasil)

Carrasco, Walcyr
  A palavra não dita / Walcyr Carrasco. — 1. ed. —
São Paulo : Moderna, 2007 — (Série a palavra é sua)

  1. Literatura infantojuvenil I. Título.
II. Série

ISBN 978-85-16-05556-1

07-4259                                    CDD-028.5

**Índices para catálogo sistemático:**

1. Literatura infantojuvenil  028.5
2. Literatura juvenil  028.5

Reprodução proibida. Art.184 do Código Penal e Lei 9.610 de 19 de fevereiro de 1998.

*Todos os direitos reservados*

**Editora Moderna Ltda.**
Rua Padre Adelino, 758 - Belenzinho
São Paulo - SP - Brasil - CEP 03303-904
Vendas e atendimento: Tel.: (0_ _11) 2790-1300
Fax (0_ _11) 2790-1501
www.modernaliteratura.com.br
2023
*Impresso no Brasil*

*Para meu pai, João Carrasco Netto*

# Sumário

As múltiplas faces da palavra —

    Maria Lúcia de Arruda Aranha, 9

1. Mãe sem pouso, 11
2. O encontro, 34
3. Luta judicial, 54
4. Segredo no jornal, 69
5. Filha do vento, 93
6. A prova do DNA, 110
7. Olho no olho, 133
8. A voz do coração, 157

Minha palavra —

    Walcyr Carrasco, 165

# As múltiplas faces da palavra

Alguma vez você já se perguntou se o animal pensa? Por exemplo, o seu cachorro: você bem percebe que ele sente — medo, afeto, raiva — e que também demonstra inteligência, tanto que aprende um mundo de coisas que você lhe ensina. Mas, embora abane o rabo, ameace com grunhidos e entenda suas ordens, ele não fala! Diferentemente dos animais, nós falamos: com a ajuda dos adultos, desde cedo recebemos o presente da palavra. Pronunciamos primeiro alguns termos, depois construímos frases e lentamente aprendemos a pensar! De fato, a palavra é a "roupa do pensamento": sem ela, o mundo seria um amontoado de sensações inexprimíveis e impulsos incontrolados.

É bem verdade que, ainda pequeno, você imitava os adultos, mas com o tempo foi adquirindo seu estilo próprio de falar e, portanto, de pensar. Por isso é preciso tratar com carinho esta ferramenta fantástica que é a palavra, o "Abre-te, Sésamo" que lhe permite entrar, não na caverna de Ali Babá, mas em uma realidade mais rica: a de tornar-se cada vez mais humano pela palavra!

Então, vejamos: com a palavra, você lembra o passado e planeja o futuro, o que não é pouco! Além disso, pode "falar" consigo mesmo, comunicar-se com os outros, contar um acontecimento, inventar uma história, criar ou resolver enigmas, expressar sentimentos, orar, poetar, comandar, implorar, persuadir, ensinar, prometer. E tantas, tantas outras coisas!

Ah, mas a palavra é uma faca de dois gumes: com ela você também pode mentir, maldizer, provocar mal-entendidos, doutrinar, caçoar, ofender, trair, difamar.

Depende de você saber como usá-la, porque *a palavra é sua*!

*Maria Lúcia de Arruda Aranha*

Maria Lúcia de Arruda Aranha é licenciada em Filosofia. Escreveu diversas obras para a Editora Moderna, entre elas, *Filosofando, introdução à Filosofia*, de que é coautora.

# 1. Mãe sem pouso

Ela sempre foi e veio na minha vida, sem pouso, sem paradeiro, como uma ave sem ninho. Eu amava tremendamente minha mãe. Mas era uma desconhecida, com uma vida à parte, construída em andanças pelo país. Todos a chamavam de Cléo, diminutivo de Cleonice. Eu morava com meu avô, minha avó, tia Paula e meu primo Daniel, seu filho. A casa pertencia aos meus avós, que a construíram logo depois do casamento. Casa antiga, sem luxos, mas com cômodos grandes e confortáveis. Meu quarto era o de mamãe, com duas camas. A dela, sempre arrumada, com a colcha lisa, raramente marcada pelo uso. Nosso endereço tornara-se só um pouso em seu constante ir e vir, sem lugar certo para viver. Era assim desde mocinha, chorava minha avó. Foi noiva dos quinze aos vinte anos, de um estudante de direito, hoje promotor aqui em Porto Alegre. Separou quando todos já davam o casamento como certo; o noivo já dera entrada em um apartamento e procuravam igreja para marcar a cerimônia. No guarda-roupa antigo, vovó guardava lençóis e toalhas bordadas, um enxoval feito como no seu tempo. Mamãe foi linda! Ainda mais quando jovem. Loira, de olhos verdes, a boca rasgada. Para surpresa geral da família, dos amigos e do próprio noivo, de um dia pro outro rompeu o compromisso. Desmarcou casamento sem motivo que alguém soubesse. Mudou de estilo de vida. Conheceu outra turma, começou a chegar tarde em casa. Muitas vezes nem vinha. Dava chá de sumiço, desaparecia por dias e até semanas. Meu avô fez ameaças; minha avó, promessas na igreja, novenas para a filha tomar juízo. Que nada. Minha mãe abandonou o penteado certinho, as escovadas diárias, nunca mais foi em salão de beleza. Antes gostava de se embonecar. Na nova fase, pintava as unhas de preto ou escarlate, usava sandálias de couro e saias rodadas de cigana. Nunca mais foi à faculdade, onde acabara de entrar no curso de Letras. Por algum tempo manteve o emprego. Era secretária e recepcionista de um médico. Foi demitida de tanto atrasar, sumir e aparecer depois com desculpa xarope. Em casa, as brigas tornaram-se mais constantes. Meu avô ameaçava expulsá-la. Minha tia recém-casada e vovó a defendiam. Seria só uma fase, garantiam, que logo haveria de passar. Talvez decepção com o noivo.

— Bah! Que decepção se o rapaz era tão bom? — gritava o vô.

— Quem vê cara não vê coração! Quem sabe o que aconteceu? Talvez uma coisa que ela não quis contar — defendia vovó.

Ela própria não acreditava muito no argumento. "Decepções todo mundo tem", refletia, pois já tivera muitas. Inclusive o casamento forçado com o vovô, para esquecer uma paixão daquelas de doer o coração por um descendente de lituanos que vivia na serra. Na época de minha avó, muitos pais ainda forçavam as filhas a casar com quem escolhiam. Contando hoje, parece impossível! A dor e a saudade foram aplacadas com a vida calma, as duas filhas, o ritmo doméstico. Aprendeu a amar vovô com o tempo, tornaram-se companheiros de toda a vida. Nem por isso fugira pela janela. Ou passara noites fora. O gaúcho velho, meu bisavô, a teria botado na rua e dito a quem quisesse ouvir que não tinha mais filha.

Os tempos haviam mudado. Nem ela nem o vô teriam coragem de expulsar a mãe. Ficavam só no blá-blá-blá. Foram se adaptando. Eu disse *adaptando*. Não *se conformando*. Jamais conseguiram entender suas motivações, seus hábitos. Segundo ouviram dizer, a turma dela usava drogas. Era um povo que vivia carburado o tempo todo. Choraram. Tentaram descobrir se havia um novo namorado, vilão igual das novelas, que a levava para o mau caminho. Mas não. Às vezes entrava em casa de manhãzinha, a roupa cheirando a fumaça, após uma balada, um *show* de *rock* pauleira. Antes tão limpa, tão perfumada! Agora nem sempre tomava banho. Se botava batom, era roxo ou vermelho berrante.

Um dia, levantou acampamento de vez. Sumiu, sem aviso prévio. Foi um baita susto. Até à polícia a família foi. O marido da tia teve uma conversa demorada com o delegado, coisa de duas, três horas seguidas. Ficou sabendo de coisas que nunca contou aos meus avós. Histórias do pessoal com quem mamãe andava. Dela também. Preferiu manter a boca fechada. Mesmo depois de separar da tia, anos depois, não contou nem para mim, que sou filha.

— Nem é bom falar! — comentou, com o rosto fechado.

A polícia não se interessou em procurar por ela.

— Mais cedo ou mais tarde, ela aparece! — garantiu o delegado. — É uma *hippie*.

— Minha filha não é *hippie*! — exclamou vovó.

Pelo que me contaram (pois ainda não era nascida), o delegado ficou olhando vovó em silêncio. Sem nada responder. Mas o tempo mostrou que ele tinha razão. Meses depois, mamãe apareceu arriada. Magra de fazer dó. Cabelos pastosos e os óculos tão bonitos, comprados à prestação, com a haste quebrada, consertada com um esparadrapo sujo. Sem dinheiro. Meus avós a perdoaram. Chamaram o médico, compraram roupas novas. Mamãe prometeu procurar emprego.

— Bueno, quem sabe agora toma juízo — comentou vovô.

Mas dali a semanas mergulhou de novo na loucura. Fez novos amigos, encheu o cabelo de trancinhas. Uma noite saiu para uma festa vestida com uma antiga camisola de cetim de minha bisavô, ainda com cheiro de naftalina. Vovô explodiu quando ela chegou na manhã seguinte, com o batom borrado, olheiras negras, um rasgo no cetim e duas manchas roxas nas costas. Disse que caiu. Ninguém acreditou.

— Mesmo que fosse, tinha que estar "bem calibrada" pra cair desse jeito! — gritava vovô.

Dormiu dois dias seguidos. Nem fome sentia. Não apareceu na entrevista de emprego já marcada. Vovô perdeu a paciência. Cobrou suas promessas de mudar de vida. Ela se rebelou. No meio de uma gritaria, fez as malas. Quando ela saía pela porta, vovó quis saber para onde iria. Só ouviu:

— Procurar meu canto, que aqui não me querem.

Foi embora novamente.

— Onde foi que errei na educação da minha filha? — lamentava-se vovó.

Ninguém entendia uma transformação tão grande!

— Era a coisa mais linda quando menina. Uma querida! — contava minha tia.

Vovó foi a centro de Candomblé, tomar passe e conselho. O pai de santo garantiu que fora tomada por uma Pomba Gira. A entidade, ávida de emoções terrenas, a levava aos descaminhos. Minha avó era católica. Mesmo assim resolveu fazer tudo o que fosse preciso para trazer a filha de volta. Comprou rosas vermelhas, champanhe, perfume, sete velas vermelhas e saiu de noite com minha tia à procura de uma encruzilhada em forma de T, que só encontraram em uma rua distante, próximo às margens do rio Guaíba. Acenderam as velas debaixo de chuvisco. As chamas tremulavam e se apagavam. Vovó ficou de joelhos esfolados durante dias. Se era a Pomba Gira não sei, porque não entendo de Candomblé. Mas mudar de vida, mamãe nunca mais mudou.

Dali em diante foi assim. Sumia e voltava, sem data para chegar ou partir, como ave de arribação. Até que um dia apareceu grávida de mim. Permaneceu com a família até eu nascer, e alguns meses mais. Adorava cuidar de mim, no começo. Dava mamadeira, banho, trocava fralda, brincava com o chocalho. Mais uma vez prometeu mudar de vida.

— Tu te imagina, mãe, agora que eu tenho a menina não quero largar! — garantia, para alívio de toda a família.

Passava os dias perto de mim. Cantava para eu adormecer. Meu avô comentou:

— A filha deu uma luz na vida da Cléo. É uma bênção!

Meus avós insistiram para saber o nome de meu pai. Mas mamãe nunca quis dizer. Desconversava.

— A guria é só minha! O pai nem sabe. Eu decidi ter por minha conta, não vou jogar a responsabilidade nas costas dele! Mesmo porque não tem onde cair morto!

Logo depois do meu nascimento, minha tia Paula se separou. Voltou para a casa dos pais com o filho Daniel, meu primo. Foi mais um desgosto para vovô, que nunca quis filha sem marido. Mas ao menos tia Paula tinha emprego público. Ganhava para as despesas. O ex-marido ajudava com a mesada. Era boa gente e continuou sendo amigo da casa. No meu caso, era pai desconhecido. Foi um horror quando minha mãe se recusou a dar seu nome. Vovô passava os dias alterado.

— Não ando mais de cabeça erguida na rua! — bradava ele.

O ex-marido de tia Paula deu um toque.

— Os tempos não são mais como antes, o mundo é outro! — explicou. — Nós aqui não conhecemos nada da vida da Cléo!

Depois de muita luta, mamãe contou que tivera um companheiro por muito tempo. Morara com ele em Visconde de Mauá, na serra do Rio de Janeiro. Sobreviviam fazendo bijuterias para vender em feiras de artesanato. Mas romperam. Logo depois, ela fora para um grande festival de *rock* no Rio.

— Imaginem a loucura!? — explicou.

Vovô, vovó e tia Paula preferiram nem imaginar!

No Rio, conhecera um rapaz dois anos mais novo, ator sem papel. Ator desempregado, sonhando em participar de novelas. Mas sem chance. Ficaram juntos durante os *shows* do festival. Saíam para dançar. Ela acabou hospedada no apartamento dele, de dois quartos, sem ar-condicionado no bairro de Copacabana.

— Parecia um forno nos dias de calor! — contou.

Comiam macarrão instantâneo e sopa de pacotinho. Era o que dava pra comprar, juntando o dinheiro de todos — no apartamento moravam dois outros rapazes, também atores desempregados, com suas namoradas. Havia gente pela sala, pelos quartos e até dormindo na cozinha quando algum amigo vinha visitar e não havia como voltar pra casa.

— Mas não era nada sério — explicou minha mãe.

— Como não era sério se você ficou grávida e teve uma filha? — quis saber vovó.

Então mamãe perdeu a paciência e chamou vovó de careta. Ameaçou ir embora para sempre. Fizeram as pazes.

— Eu engoli tudo. Não quis que ela te levasse para longe de mim! — explicava vovó.

O raciocínio de vovó era simples: se minha mãe não sabia nem tomar conta dela própria, como cuidaria de mim?

Meu nome também foi uma briga, porque mamãe queria me chamar de Estrela. Segundo acreditava, era um nome de alto astral que brilhava por si próprio. Meu avô lembrou que no curral de seus pais, quando morava na serra, havia uma vaca chamada Estrela, e outra Coração.

— Minha neta não vai ter nome de vaca — sentenciou.

A discussão durou dias. No final, ganhei um nome mais simples, Cibele. Mamãe só concordou porque Cibele era uma deusa da Frígia que chegou a ser identificada como deusa da lua pelos romanos. (Mas eu sei que Diana também foi considerada deusa da lua.)

— A lua é mágica! — concordou mamãe.

E me tornei Cibele. Mas, na certidão de nascimento, não constava o nome de meu pai.

Passado um tempo, a decisão de arrumar emprego mixou. Meus avós já conheciam os sintomas. Quando ela voltou a dar chá de sumiço, souberam que era questão de tempo para partir outra vez. Botaram meu berço no quarto deles. E se ela desaparecesse de noite comigo, pendurada na barriga, que nem um filhote de canguru?

Não demorou muito, mamãe avisou que ia viajar com um grupo de amigos. Sem data para voltar.

— Aqui eu me sinto numa gaiola! — desabafou.

Sei que foi uma briga e tanto! Mamãe queria me levar. Dizia que era melhor eu ser criada com liberdade, sem muita coisa na cabeça.

— E comida, onde tu vais arrumar? — argumentava vovó.

Tia Paula interferia.

— Cléo, como vais andar com uma criança de colo pra cima e pra baixo?

O estudante de direito que fora noivo de mamãe já se tornara promotor. Chamava-se doutor Ferraz. Casado e com filhos, resolveu ajudar meus avós. Explicou para mamãe que ela corria até o risco de perder minha guarda.

— Uma criança tem que ter casa, comida na hora certa.

No fim, mamãe cedeu. Permitiu que meus avós cuidassem de mim.

Ninguém se espantou quando fez as malas para passar o fim de semana acampando com amigos e desapareceu pelos meses seguintes.

O mistério do nome do meu pai ficou sem solução. Com o passar dos anos todo mundo se acostumou com a ideia de que eu era, como se costuma dizer, uma "produção independente". Só eu que não.

As amigas da escola tinham pais e mães que compareciam às reuniões. Quando havia festas de aniversário, os pais e as mães as levavam e buscavam. Conheci algumas órfãs ou filhas de pais separados. Muitas vezes as presenças dos pais eram raras. Mas todas sabiam seus nomes. Podiam falar de suas profissões, de seu jeito de ser. Ou lembrar alguma recordação especial.

Eu jamais tinha uma palavra a dizer sobre meu pai! Quando conhecia uma guria nova, vinha a pergunta.

— Seu pai faz o quê?

Muitas vezes eu mentia dizendo que era médico ou advogado. Ou ainda que morava no exterior. Logo alguém contava a verdade e eu tinha de me desdizer. Era uma humilhação responder.

— Eu não tenho pai.

— Morreu?

— Não sei quem é.

É muito difícil, muito mais difícil do que alguém pode imaginar. A outra garota olhava para o lado, sem jeito. Ou dava uma risadinha mole. Muitas vezes eu chegava na roda e mudavam de assunto. Falavam de mim e da minha mãe. Quando ela vinha me ver e andava na rua, todo mundo olhava. Tornara-se uma figura estranha, fora de qualquer padrão. Voltava sempre mais decadente, mais arriada. Os dentes cariados, feios. Faltava um do lado. Quando sorria, havia aquele buraco negro. Vovó quis pagar um tratamento. Mas ela foi só duas vezes ao dentista, para aliviar a dor. Não apareceu mais. Partiu para nova viagem. Sumiu quase um ano inteiro. Ao voltar, soubemos que fora viver numa praia da Bahia momentaneamente casada com um pescador. Sentira-se feliz fritando peixe todos os dias, cuidando da cabana, tomando sol e entrando no mar. Até que o encanto passou. Ele bebia e às vezes chegava sem paciência. Uma ou duas vezes brigaram de tapas. Ele fez ameaças se fosse embora. Mas ela pediu dinheiro nas ruas de Salvador. Conseguiu o suficiente para voltar de ônibus. Atravessou o país, alimentando-se unicamente de coxinhas e empadinhas mornas que devorava nas paradas de ônibus.

Apesar de seu jeito diferente de viver, tinha muito carinho por mim. Gostava de contar às minhas amigas que mamãe estava em casa. Era bom dizer que tinha uma mãe.

— Por que ela viaja tanto?

Eu explicava que era uma artista, que percorria o país vendendo seu trabalho — o que fora verdade só na época das bijuterias. De fato, nunca soube como ela se manteve todos esses anos. Suponho que de expedientes, fosse com bijuterias, empréstimos nunca pagos ou simplesmente pedindo nas ruas quando não havia mais alternativa. Nem quero pensar em tudo o que ela passou, nas situações horríveis que enfrentou nem mesmo nos amores que encontrou ao longo da vida. Foi a vida que ela escolheu. Nunca entendemos por quê. Mas, como as aves, tinha esse desejo incontrolável de voar.

Quem cuidou de mim foi minha avó, e também tia Paula. O primo Daniel fez as vezes do irmão que nunca tive. Somos até hoje muito apegados um ao outro. Vovô fez as vezes de pai, mas distante. Nunca se conformou com minha existência, embora me amasse muito.

Mesmo quando guria, eu demonstrava mais juízo que minha mãe. Quando ela aparecia na porta, sem aviso, de mochila nas costas, eu fazia uma omelete, um café, um chimarrão. Dava uma toalha para ela tomar banho, dizia onde estava o xampu e encontrava a velha escova de dentes guardada numa bolsinha no meu armário com outras coisas necessárias para seu dia a dia. Se íamos tomar sorvete, eu levava o dinheiro. Muitas vezes também lhe emprestei o dinheiro de minha pequena mesada. Economizava até no lanche para poder ajudar mamãe, se preciso. Em certas ocasiões, ela parecia ter uma necessidade urgente de dinheiro. Não demorava muito, me pedia.

— Se tu me emprestas, te devolvo em dois dias.

Mas é claro, nunca mais tocava no assunto. Nas primeiras vezes fiquei esperando, pois sempre tinha planos para o pouco que tinha. Com o tempo aprendi que mamãe não pagava. Doeu, confesso. A gente sempre tem a ideia de que a mãe é especial. Mas com o tempo descobri que muitas vezes eu é quem tinha de fazer o papel de mãe, cuidando dela como se fosse filha. Acostumei. Aprendi a aceitar mamãe com seu jeito diferente de ser.

Fui crescendo. O maior pavor de meus avós era que mamãe me levasse para a vida dela.

— Sem susto, nem pensar — eu dizia.

Duas vezes fui tomar banho de cachoeira com ela e uns amigos, mas não suportei os cabeludos, alguns envelhecidos, mas com camisetas de garotões, mania de fumar cigarros de palha e cheiro de quem não tomava muito banho. Um deles tentou me abraçar, já no tranco. Fiquei horrorizada, pois sempre pensei que o amor vem junto com carinho, com um sorriso. Afastei-me bem depressa! Havia uma garota esquelética que dizia só se alimentar de sol. Segundo dizia, não precisava comer porque era que nem vegetal, os raios transformavam seu sangue em clorofila. Outro dizia que era vampiro e pretendia viver mais uns cem ou duzentos anos. Chegou a me prometer a imortalidade. Mesmo se fosse verdade, eu é que não queria viver para sempre ao lado de um vampiro chulé!

Eu tinha quinze anos e queria me apaixonar perdidamente. Pensava que se tivesse uma filha, queria que ela soubesse quem era o pai, com nome, endereço e certidão de nascimento.

A palavra pai martelava na minha cabeça.

Uma palavra tão simples que todo mundo dizia todos os dias sem pensar. Mas que para mim tinha um valor inacreditável: PAI.

Só que eu não tinha para quem dizer. Esse é o tipo de palavra que não há como falar por falar. Tem que ser dita para o homem certo ou não vale coisa alguma.

Guardava esse desejo dentro de mim, sufocado. A palavra não dita às vezes vibrava no meu coração. Mas não tinha mais esperança. Se quando nascera ninguém conseguira descobrir o nome de meu pai, que dirá depois de tanto tempo.

Até que eu tive uma pista.

Para minha tristeza, ela veio com a última viagem de mamãe. A definitiva.

Chegou magra como nunca a vira. Os óculos sem uma das lentes, com um papelão no lugar. As roupas folgadas, dançando no corpo. Tinha se sentido mal em uma praia, vomitara sem parar durante dias. Não conseguia botar nada no estômago. Seu rosto estava incrivelmente amarelo, quase verde.

Vovó marcou uma consulta.

Nossa casa era boa, confortável, mas velha. Não via pintura há muito tempo. Vovô ganhava uma aposentadoria normal. Tia Paula tinha seu trabalho e a mesada do ex-marido. Não éramos ricos. Fizeram um sacrifício para eu e meu primo estudarmos em um colégio próximo, não muito caro. Não havia dinheiro pra luxos. Eu ganhei um tênis de grife no último Natal, mas foi um presente suado, porque meus avós achavam bobagem. Meu primo Daniel também tinha os seus, e ganhamos um computador para uso comum. Comprado à prestação. O pai de Daniel sempre falava que quem não soubesse mexer com computador no futuro não iria arrumar trabalho. Daí o sacrifício. Não faltava nada, mas dinheiro sobrando também não havia.

Mesmo assim vovó gastou um pouco de suas pequenas economias. Pagou um médico particular, porque mamãe não tinha plano de saúde nem carteira assinada. O médico diagnosticou de cara uma hepatite da brava. Botou mamãe em repouso. Os exames de sangue confirmaram. Ela prometeu continuar deitada.

Mas a situação não era nada boa. Muita gente tem hepatite, fica de repouso e se recupera. Ninguém sabia, mas mamãe já tivera duas outras hepatites. Tratara ficando na casa dos outros, "dando um tempo", como dizia. Mas sem repouso completo, como seria preciso. Depois voltara a viajar. E, suponho, a beber com frequência. Alcoólatra nunca foi. Mas naquele tipo de vida as cervejas, vinhos e vodcas corriam facilmente. Em uma segunda consulta, o médico estranhou a piora. Pegou o telefone, falou em emergência.

Não havia dinheiro para interná-la em uma suíte com direito a acompanhante. Graças novamente ao promotor que fora seu noivo, conseguimos uma vaga em um hospital público. Por um carinho especial, por causa do seu estado de saúde, deixaram que alguém da família ficasse ao lado da cama. Mas numa cadeira, dia e noite. Ninguém me escondeu. Mamãe tinha pouco tempo de vida. Pedi pra faltar da escola. Fiquei junto com ela.

Durante toda minha vida, foi a época em que estive mais próxima de minha mãe.

Ela dormia muito. Sua cor parecia ficar cada vez pior. Não conseguia botar nada no estômago. Às vezes, conversava. Falamos sobre o quanto a gente se gostava. Ela me chamava de filha. Muitas vezes ficava falando sem parar "filha, filha, filha", como se, ao dizer a palavra, recuperasse o tempo perdido. Eu chorava. Pensava que podia ter sido sempre assim. Ela me chamando de filha todos os dias, e não como se fosse uma palavra especial. Uma palavra tão comum para minhas amigas, para mim era um presente, capaz de provocar uma superemoção. Eu tive vontade de brigar, de dizer que não era justo ela ter sumido da minha vida, me deixado, indo e vindo como se eu fosse apenas uma parada em suas inúmeras viagens.

Mas não podia.

Ninguém veio me falar diretamente, mas eu já ouvira falar de hepatite malcurada.

Também ouvira o médico conversar com minha tia, enquanto pensava que ninguém ouvia. Durante a hepatite o fígado fica que nem uma geleia. O repouso é necessário até ele voltar à consistência normal, senão se desmancha.

A pessoa só possui um fígado e sem ele o corpo não funciona. É nele que os alimentos são metabolizados, como se fosse uma miniusina. Uma hepatite malcurada destrói o fígado. Quem teve hepatite também não pode beber, nem socialmente. Tem que tomar o maior cuidado, pois o fígado é frágil. A cor de minha mãe era o sintoma da hepatite que voltara mais violenta, de seu fígado estourado.

— É questão de pouco tempo — dissera o médico.

Eu passava dias e noites ao lado dela, sem pensar em escola, em mais nada. A não ser em estar ali, pegar na sua mão. Mas uma noite antes de morrer ela pareceu melhorar, ficou falante. Eu tomei coragem. Consegui expressar o que estava guardado no meu coração.

— Quem é meu pai? Mamãe, por favor, me conte!

Ela me olhou com curiosidade, como se não houvesse motivo para eu fazer a pergunta.

— Eu sempre quis saber quem é ele, mãe — continuei.

— Eu nunca mais tinha pensado nele. Quase que esqueci completamente — ela disse. — Poucas vezes vejo televisão. Mas outro dia eu liguei, e numa novela...

Fiquei pasma, esperando a continuação. Minha mãe fez um sinal, mostrando a bolsa. Eu abri e tinha o recorte de uma revista dessas que falam de artistas. Era a foto grande de um galã de televisão que eu conhecia muito bem, porque adorava todos os seus papéis em novelas.

— Nunca pensei que ele ia se dar tão bem. Tinha até pensado em falar com ele, mas acabou que não deu certo. Depois caí de cama e vim pra cá — disse minha mãe. — Fica com o recorte da revista pra você. Assim mata a curiosidade.

E me deu o recorte. Fiquei imóvel com a foto impressa na mão. "Meu pai é um ator famoso?" — pensei, surpresa.

Nas horas seguintes não houve oportunidade de voltar ao assunto. Mamãe piorou. A melhora súbita fora o sinal do fim. De madrugada, gritei pela enfermeira. Encheram seus braços de tubos. Ficou imóvel, já sem conseguir falar. Vovó e titia vieram correndo. Vovô e meu primo, algumas horas depois.

Mamãe morreu ao amanhecer. Guardei o recorte. Foi um desespero liberar o corpo, cuidar do enterro e tudo o mais! Ao lado da tristeza há uma porção de coisas que devem ser feitas, desde comprar flores até cuidar dos papéis, atestados, à liberação do corpo, que demora muitas horas.

Chorei a maior parte do velório. Mamãe estava linda no caixão, com os cabelos penteados, um vestido de titia e um rosário nas mãos. Imaginei que ela nunca teria escolhido aquelas roupas para a grande viagem. Ficou tão diferente da mãe que eu conhecia! Mas vovó jamais permitiria que ela fosse embora com alguma saia rodada, cabelos emaranhados, unhas pretas e sandálias de couro gastas.

Pouco antes de fecharem o caixão, um homem bonito, de terno, aproximou-se. Era o doutor Ferraz. Tocou levemente a mão de mamãe. Chorava. Minha tia me deu uma cotovelada.

— Olha que ainda gostava dela!

Em seguida, o promotor disfarçou. Assoou o nariz, veio até nós e se colocou à disposição. Quando saiu, minha avó comentou.

— Ele podia ter sido teu pai.

Não respondi. Ele não era meu pai, isso é o que mais importava. E não podia ter sido meu pai. Um filho ou uma filha é o resultado do encontro de duas pessoas. Muitas das minhas características vêm dos genes de mamãe, outras de meu pai. A pessoa que eu sou é o resultado dessa combinação.

Meu pai era um mistério. Enquanto eu não o conhecesse, uma parte de mim seria mistério, também.

Durante as semanas seguintes, em meio a dor, muitas vezes eu abria o recorte de revista, examinava. Olhava no espelho e tentava verificar se alguma característica do astro era semelhante à minha. Eu tinha olhos azuis claros. Mamãe, verdes. Mas os olhos do ator eram azuis como os meus. Mas tanta gente tem olhos azuis! Meus cabelos castanhos com reflexos loiros, porém, eram diferentes dos dele, bem negros. Seu nariz era perfeito e o meu tinha um osso um pouco curvo. Mas o dele podia ser plástica. Em compensação, meus lábios eram incrivelmente parecidos com o seus.

Por mais que eu examinasse, não chegava a uma conclusão.

Queria falar com ele, tirar a prova.

Mas como me apresentar? Se fosse um homem comum, talvez fosse mais fácil. Dificilmente encontraria o telefone de um astro de novelas no guia. Mesmo que sim, qual seria sua reação?

E se não fosse meu pai? Não passasse de suposição de mamãe?

Mesmo que fosse verdade, qual seria sua reação ao descobrir uma filha de que nunca ouvira falar?

# 2. O encontro

Os meses seguintes foram difíceis pra burro. Sempre ouvi dizer que desgraça nunca vem sozinha. Vovô já não estava bom do coração. Logo depois do enterro de mamãe, teve um enfarte. Nós o socorremos a tempo. Ele foi pro hospital e voltou inteiro. Não demorou muito, teve outro. Dessa vez não teve jeito. Perdi meu avô. Disseram que o fim de mamãe, tão nova e, mesmo assim, tão acabada, mexeu muito com ele. Não demorou um mês, foi a vez de vovó. Um dia ela foi dormir e no outro não acordou. Há anos não estava bem de saúde, mas ia levando, mais preocupada com os outros do que com ela mesma. Eu ainda lembro do grito de tia Paula. Estranhou quando vovó não levantou pro café da manhã. Foi até seu quarto e chamou:

— Acorda, dorminhoca!

Não houve resposta alguma. Titia aproximou-se. Tocou de leve no corpo. Já estava esfriando. Os médicos deram muitas explicações. Mas eu prefiro pensar que vovó e vovô se gostavam tanto, depois de um casamento da vida inteira, que um não queria permanecer na Terra sem o outro. Sofri muito. Em um curto tempo perdi minha mãe e meus avós.

Muitas vezes quis falar sobre meu pai com titia. Ela se recusava. Dizia que depois da morte de mamãe seria impossível encontrá-lo. Tentei contar a conversa com mamãe em sua última noite. Tia Paula não quis que eu continuasse.

— A Cléo, tua mãe, já estava delirando, Cibele! Melhor tocar a vida pra frente!

Guardei o retrato da revista, assim como passei a colecionar todas onde havia reportagens sobre ele. Danilo Vaz. Um dos mais famosos atores do país. Meu pai? Sozinha no quarto, pensava, examinando cada detalhe das fotos. "E se for?" Certeza absoluta eu não tinha. Mamãe se recusara a revelar o nome a vida toda. Talvez, como supunha titia, estivesse delirando em seus últimos momentos. E não soubesse realmente o que dizia. Uma vez até arrisquei voltar ao tema:

— Mas e se meu pai for rico, famoso, tia Paula?

Ela até deu risada.

— Nem esquenta, Cibele, que teu pai há de ser um *hippie* cabeludo. Só vai te dar trabalho!

Talvez medo fosse o motivo para minha tia não se interessar pela identidade do meu pai. Quem sabe, em vez de ajudar, ele se transformasse em um novo problema! Cada vez que eu dava um toque, tia Paula insistia para eu esquecer o assunto.

— Qualquer pista do teu pai foi embora com tua mãe!

Eu me lembro daqueles meses com um nó na garganta. Bah, como chorei! Uma vez, na praia, eu e meu primo Daniel fizemos um castelo de areia. Demoramos horas pingando a areia molhada. No final, ficou bem belo. A maré subiu e foi arrancando pedaços do castelo. Senti muita pena cada vez que a onda levava uma parte. Agora minha vida era assim, sem tirar nem pôr. De cada vez vinha alguma onda que levava um pedaço. Virei uma manteiga derretida. Qualquer música triste me fazia chorar. Foi um tormento separar as roupas de mamãe, de vovô e vovó. Botar em malas. Levar para uma associação de caridade. Ainda me lembrava de vovó, na última noite. Estava um pouco indisposta. Só. Pedi para aprender a receita de pudim de pão, que ela fazia muito bem. Ela prometeu pra semana. Nunca mais. Meses depois, na casa de uma amiga, serviram pudim de pão, e eu comecei a chorar. Ninguém entendeu. Acharam que eu não andava bem da cabeça.

Aí começou uma etapa difícil: o inventário. Vovô só tinha a casa e a aposentadoria. Mais nada. A herança foi dividida entre mim e titia. Eu tinha direito à parte que seria de mamãe. Foi mais uma dificuldade. A casa já estava velha, mas era bem localizada, no bairro da Figueira. Precisava de muita reforma. Se a gente pudesse vender tirava o pé da lama. Estavam construindo prédios na região. Tivemos duas boas ofertas, pois o terreno era grande. Vovô e vovó nunca quiseram sair de lá, apesar da cobiça dos construtores. As novas propostas vinham em boa hora. Nossa renda estava bem menor, sem a aposentadoria de vovô. As despesas da casa ficaram todas por conta de tia Paula. O pai de Daniel até dava uma força quando podia. Mas havia se casado de novo e tinha um guri. Também não estava com dinheiro sobrando. O salário de titia não era alto. Mal dava para comer e a condução. Era a maior dificuldade para segurar as pontas.

Não podíamos vender a casa porque eu era menor de idade. A lei foi criada para dar proteção aos menores. No caso, a gente teria se dado melhor indo pra um apartamento e comprado outro para alugar. Tia Paula foi falar com o doutor Ferraz, o promotor nosso amigo. Segundo ele explicou, seria possível conseguir uma permissão especial do juiz para vender a casa. Mas só depois do fim do inventário. Não seria uma solução rápida.

Comecei a sonhar. E se o ator famoso fosse realmente meu pai? Argumentei comigo mesma, pensando nos prós e contras. Mamãe não ia inventar uma história dessas! Muitas vezes contara do grande *show* de *rock*. "Uma loucura", segundo dissera. Também me falara de sua vida no Rio de Janeiro. Mamãe pode ter tido, como vovô dizia, um "parafuso fora do lugar". Pode não ter sido a mãe perfeita. Mas nunca foi má. Não seria capaz de armar uma cilada tão grande. Ainda mais doente na cama! Ouvi dizer que perto do fim a pessoa sente o anjo da morte se aproximando. Talvez seja verdade. Se existe um anjo da morte, ainda assim é um anjo. Deve chegar devagarzinho. Aproximar-se com delicadeza. Botar a mão no coração da pessoa e perguntar:

— Vamos partir?

Para alguns, a visita é tão delicada que talvez a pessoa nem sinta. Como vovó. Partiu suavemente! Já vovô foi embora nervoso, com o coração afogado em decepções com mamãe. Sem entender por que a vida às vezes parece que dá um truque. Mas o caso de mamãe era diferente. Tinha uma pendência comigo, que era revelar o nome do meu pai. Quando sentiu o bater das asas do anjo, quem sabe quis me dar um presente. Uma última mensagem de esperança.

Ainda mais porque me deixava um pai famoso e rico. Alguém que poderia fazer o melhor por mim. Guardou a reportagem para eu saber exatamente de quem se tratava.

Quando falava da minha história, sempre pensavam que eu tivesse interesse na grana. Eu nem lembro quantas vezes chorei pra dizer que não.

O que significa um pai, para quem não tem?

Uma vez eu li que as palavras têm poder. Sei lá em que livro, faz tanto tempo! A mãe de uma amiga dizia que certas palavras não se falam porque atraem as coisas ruins. Eu me interesso muito por temas místicos. Li que para chamar os anjos é preciso conhecer seus nomes. Se são invocados pelos nomes corretos, aparecem dispostos a fazer o bem. Mas, segundo outros livros, nunca se deveria dizer o verdadeiro nome de Deus. A palavra seria um segredo guardado por toda a eternidade. Segundo uma antiga lenda, o verdadeiro nome de Deus era tão secreto, mas tão secreto que, quando fosse descoberto, o mundo acabaria. Falar seu nome já invocaria o fim de tudo. Certa época, andei enfronhada nesses assuntos. Na minha classe havia um rapaz que naqueles tempos eu achava muito chato, porque vivia metido nos livros. O Lucas. Mas ele tinha simpatia por mim (e o que aconteceu depois eu conto mais tarde). Uma vez me trouxe um livro com um conto que nunca esqueci. Foi daí que passei a também simpatizar com ele. Vou resumir. Em um mosteiro muito distante, nas montanhas, os monges se dedicavam a encontrar o nome de Deus. Há séculos, combinavam as letras do alfabeto de todas as maneiras. Um dia chegariam ao nome verdadeiro. Mas as simples letras do alfabeto formam todos os nomes do mundo. O número de combinações é incalculável. Séculos após séculos os monges passavam os dias e noites formando palavras. Sem nunca chegar ao verdadeiro nome de Deus. Até que um viajante trouxe um computador. Fez um programa para combinar todas as letras, sem parar, formando os nomes existentes. A velocidade do computador era extraordinariamente maior que a dos monges. Quando o viajante deixou o mosteiro, já no caminho de volta, o programa chegou ao verdadeiro nome de Deus. E o viajante ouviu os primeiros estrondos que anunciavam o fim do mundo.

É um conto bonito, que ficou na minha cabeça. Pensei muito a respeito. Na lenda, o verdadeiro nome de Deus trará o fim dos tempos. Mas as palavras podem mudar vidas. De certa maneira, trazem um fim e um novo começo! Por exemplo, quando a gente se casa. O padre diz:

— Eu os declaro marido e mulher.

Acabou um tipo de vida e começou outro.

Eu pensava na palavra pai. Para a maioria das pessoas essa palavra faz parte da vida. Para mim, era a palavra não dita. O dia em que eu pudesse dizê-la, tudo seria diferente. Se tivesse alguém para chamar de pai, saberia minha origem. Talvez tivesse um pai para amar, e que me amasse, também. Talvez uma decepção. Mas seria o fim do mistério. Uma nova fase da vida. Tinha medo do que pudesse acontecer. Não seria melhor sonhar com um pai? E se o encontrasse e ele não gostasse de mim? Se a palavra pai trouxesse uma série de outras para falar de tristeza e decepção?

Não nego. Imaginar que meu pai fosse um ator famoso e rico era trilegal! Meu sonho crescia como massa de pão com fermento. Como se eu fosse uma gata borralheira. Com uma nova vida em um castelo pronta para ser iniciada. Vou negar por quê? Acompanhava sua vida pelas revistas. Danilo Vaz foi passear numa ilha, namorou uma estrela da televisão, depois outra. Voltou com a primeira e casou. Li tudo sobre o casamento, que foi capa de várias revistas! Ambos de branco, na praia, com coroas de flores na cabeça. Uma multidão de convidados. Os fotógrafos se estapeando para conseguir um *click*. Foram passar a lua de mel no exterior. As revistas publicaram fotos do casal em um castelo francês. Quando voltaram, ela anunciou que estava grávida. Assim, eu soube que teria um irmão ou uma irmã, em breve.

Muitas vezes pensei que poderia ter sido dama de honra daquele casamento, carregando um buquê de flores brancas. Sendo fotografada! Aparecendo também nas revistas!

Todas as vezes que tentei puxar conversa com tia Paula, ouvi um não. Mesmo porque ela pegou trabalhos extras para fazer em casa. Passava as noites atordoada.

— Tenho que arrumar um dinheirinho a mais, ao menos para pagar as despesas do inventário — dizia.

Dispensamos a moça que vinha ajudar na limpeza uma vez por semana. Eu e Daniel passamos a lavar roupa, a passar, a varrer o chão e a fazer as camas. Daniel tinha mão para cozinhar, era bem melhor que eu. Até pensava em fazer um curso de gastronomia. Eu ficava com a parte mais chata: lavar as panelas, pratos, talheres! O dinheiro era cada vez mais curto. Por mais que a gente esticasse, o salário de tia Paula não chegava ao fim do mês! Pedimos uma revisão do meu caso. Eu não teria direito à aposentadoria de vovô, por ser menor de idade? Mas minha situação nunca fora formalizada. Por uns detalhes da burocracia, foi impossível.

Revelei toda a história de meu pai para o primo Daniel. Ele é só um ano mais velho que eu. Mas não é fraco, não. Muito inteligente, aprendeu a mexer com computador bem depressa. Quem sabe me desse uma luz. Mostrei as revistas, os recortes. Daniel duvidou.

— Bah, que teu pai não vai ser esse ricaço! Seria sorte demais.

— E se for?

Pesquisou na internet. Viu casos parecidos, inclusive da filha de um famoso jogador de futebol. Seria preciso entrar com um processo, Daniel explicou.

— Tem um exame, o DNA, que prova se você é filha ou não, com certeza.

Mas para fazer o exame meu pai teria que concordar. Bastava um fio de cabelo meu e um dele. Ou uma gota de sangue de cada um. Se eu fosse sua filha, as características genéticas seriam as mesmas.

Eu não entendia como seria possível tanta certeza. Daniel pesquisou na internet. Entrou na Wikipédia, que é uma enciclopédia da internet, feita ao mesmo tempo por milhares de pessoas. Imprimiu a página:

*ADN é a abreviatura de ácido desoxirribonucleico (em inglês, DNA: Deoxyribonucleic Acid).*

*O DNA é uma molécula orgânica que reproduz o código genético. É responsável pela transmissão das características hereditárias de todos os seres vivos. Tem a forma parecida com uma escada espiral cuja disposição dos degraus se dá em quatro partes moleculares diferentes. Esta disposição constitui as chamadas quatro letras do código genético.*

Fiquei fascinada pela explicação. No fundo, o próprio DNA era mais uma palavra, formada pelas letras do código genético. Minhas letras teriam que ser compatíveis com as deles. Nossos corpos teriam que formar a mesma palavra!

De acordo com as reportagens colhidas por Daniel, meu possível pai poderia ser obrigado judicialmente a fazer o exame. Se recusasse, isso contaria como prova a meu favor.

— É achar um advogado — disse meu primo.

Não era o que eu sonhava. Queria encontrar com ele. Dar um abraço e dizer pela primeira vez:

— Pai!

Quem sabe ele me abraçaria de volta, chorando!

Daniel foi contra.

— Bah, que bobagem, Cibele! Tu pensas que um cara rico e famoso, astro de televisão, vai te dar importância? Nem te conhece!

Meu coração murchou só de ouvi-lo.

— Ainda mais onde tu vais encontrar com ele, se o homem vive só no meio de gente famosa?

Mas eu já tinha meu plano. Tinha visto no jornal. Ia ter um desfile no *shopping* Iguatemi, com o lançamento de uma grife de roupas masculinas chiques. Ele e mais dois astros tinham sido convidados. Iam desfilar. Soube, por minhas amigas, que nessas horas dá pra se aproximar e pedir autógrafo. Eu entraria na fila, como fã. Quando estivesse perto, me apresentaria.

— No mínimo, quando eu disser que sou filha dele, vai querer saber toda a história!

Daniel achou loucura.

— O caso é que tu sonhas demais! O cara vai estar atordoado de tanta gente em volta!

Mas prometeu ajudar. Eu não queria contar a história pra ninguém, mas acabei falando tudo pro Mateus. É um garoto da escola. A gente já tinha ficado em uma festa. Mas nada sério. Demos um beijo, mas depois fingimos que nada tinha acontecido. Eu era muito encanada com essa história de beijar, ficar, namorar, de tanto ouvir minha avó e minha tia falar de como minha mãe tinha acabado com a própria vida. Da classe, eu era a mais certinha. Sonhava, sim, com um beijo, uma paixão fora de série. Mas tinha medo de ir fundo e me arrepender. Quando eu pensava em alguém que eu podia namorar, o Mateus vinha na minha cabeça. Era bem loiro, sardento e tinha um jeito de sorrir que fazia meu coração bater depressa. Mas também já tinha namorado várias gurias da escola, algumas muito mais bonitas do que eu. Eu achei que queria ser meu amigo. Pelo menos era um amigo mais simpático que o Lucas, que vivia atrás de mim! Quando contei a história toda, o Mateus se admirou.

— Tu te imagina que teu pai é aquele astro da televisão!

Achou que era impossível, pura coisa da minha cabeça. Contei em detalhes a conversa com mamãe no hospital. Mostrei o recorte de revista que ela me deu. Foi bom. Alguém da família do Mateus tinha uma amiga que era gerente no *shopping*. Conseguiu os convites para o desfile. A gerente pensou que só queríamos ver os astros de perto. Se suspeitasse do escândalo que ia acontecer, não ajudaria nem um mínimo.

Até queria contar meu plano para tia Paula. Mas Daniel achou melhor guardar segredo.

— A mãe é muito certinha, vai entrar numa noia. Nem vai deixar a gente ir. Tenta, pra ver o que acontece. Vai que ele não é nada disso que eu penso, e o tal Danilo Vaz vai te quebrar a espinha de tanto abraço!

No dia do desfile eu me embonequei toda. Não ia aparecer na frente do meu pai como uma ridícula. Fomos eu, o Daniel e o Mateus.

Estava duro de gente. Parecia que todas as gurias de Porto Alegre tinham ido pra lá. Disputavam os lugares na frente dando cotoveladas e empurrões. Mas eu me sentia como uma daquelas damas antigas da época dos castelos, acompanhada por dois escudeiros. Daniel e Mateus me pegaram um de cada lado. Empurraram, deram braçadas, até eu ficar na boca do palco.

O desfile começou.

Primeiro veio uma música, toda agitada. Em seguida, ele entrou! Nem acreditava que podia ser meu pai. Era um homem lindo de perto, mais ainda que nas revistas. Desfilava de bermudão, sandália de dedo, camiseta. Parecia mais pra irmão que pra pai. Mas eu lembrei que a mãe era muito nova quando aconteceu o tal *show* de *rock*, e ele era dois anos mais novo que ela. Estava começando a carreira, lutando por uma chance no mundo artístico. O corte de cabelo moderno, o corpo malhado. Valia a pena tudo que eu tinha sofrido, toda a falta naqueles anos se em compensação ganhasse um pai tão lindo, um pai tão especial! Enquanto ele desfilava pensei: "Um dia vai sorrir pra mim!"

Nem consegui olhar para os outros dois atores que desfilavam. Tremi tanto durante o desfile que nem sei como aguentei em pé.

Quando acabou, meu coração batia tão depressa que quase saiu pela boca.

Daniel e Mateus me arrastaram de novo. Os atores iam dar os autógrafos em um canto, em mesas, perto de um estande cheio de manequins com os lançamentos da grife. Tinha uma multidão se acotovelando. As gurias gritavam "lindo, lindo" e ele permanecia com o mesmo sorriso charmoso. Tentaram fazer uma fila, mas era cada um por si, todas agitando papelzinho e caneta, e ele sorrindo, sorrindo. Os repórteres fotografavam o tremendo sucesso, a dona da loja que lançou a grife sorria de satisfação. Muita gente já estava comprando as camisetas e pedindo para os três assinarem os nomes. Eu nem conseguia me mexer, paralisada de emoção. Mas Daniel e Mateus continuaram me empurrando, empurrando! De repente, só tinha uma menina na minha frente.

Fiquei olhando parada, muda, suas sobrancelhas escuras, com um desenho bonito, os lábios vermelhos, que se destacavam no rosto moreno, o sorriso gentil, simpático! Pensei que seria fácil. De perto, parecia um homem bom, tão bom como seus personagens nas novelas! Ele deu um beijo no rosto da menina da frente. Ela foi puxada para o lado pelos organizadores. Então, eu estava diante dele! Ele sorriu e me perguntou:

— Qual é o seu nome?

— Cibele.

Pegou uma foto, assinou: "Para Cibele, com carinho. Danilo Vaz."

Eu sorri. Consegui dizer num soluço:

— Sou sua filha.

Ele sorriu de volta e respondeu:

— Que bom.

E me deu um beijo no rosto como havia feito com a outra garota. Em seguida, me puxaram. Tentei resistir, sem entender, mas os organizadores me empurraram para o lado. Gritei, mas no meio da algazarra ninguém me ouvia. Chorei. Eu disse "sou sua filha". E ele respondeu "que bom". Como podiam me tirar de lá agora? Eu não devia permanecer junto dele para contar toda minha história? Falar dos anos perdidos? Dizer todas as palavras não ditas?

Mateus e Daniel vieram correndo para o meu lado.

— E aí? — perguntou Mateus.

Quando eu ia responder, olhei de novo para ele, dando autógrafo para uma outra menina. Entendi. O sorriso era mecânico. Ouvia o nome só para dar o autógrafo. Não prestava mais atenção. Dava um beijo igual em todas.

— Ele... ele não me ouviu — respondi.

Então não sei o que me deu. Foi uma loucura. Virei outra. Eu me atirei de volta, gritando sem parar.

— Sou sua filha, sou sua filha, Danilo Vaz, sou sua filha!

Ele olhou surpreso na minha direção. Nem sei se me ouviu no meio da confusão. Os seguranças prenderam meus braços, mas eu chutava e gritava.

— Sou sua filha, sou sua filha!

As luzes pipocavam, seriam *flashes*? Eu só sabia lutar para chegar perto dele. Mas não me deixaram.

Mãos fortes me empurraram para longe. Daniel e Mateus entraram no meio, gritando.

— Tira a mão, tira a mão.

— Sai daqui — gritava o chefe dos seguranças.

Algumas gurias me olharam curiosas. Mas não queriam perder o lugar na fila. A dona da grife veio correndo.

— Não machuquem a garota! — exigiu.

E me puxou para longe com o Daniel e o Mateus. Eu estava descontrolada. Chorava sem parar. A dona da grife me levou para um escritório no fundo da butique. Serviu refrigerante. Foi até delicada. Mas não entendia o que acontecera. Achou que eu estava doida de emoção por chegar perto de um astro tão famoso. Eu chorava sem parar.

— É melhor chamar alguém da tua família — aconselhou.

Daniel explicou que era meu primo e me levaria para casa.

— Eu não quero ir — chorei.

— Ele está superocupado, daqui a pouco vai para o aeroporto pegar o avião, não tem tempo para falar contigo — explicou a mulher. — Melhor te acalmares.

Quanto terminamos os refrigerantes, se despediu. Precisava voltar para o evento. Afinal, tinha gastado uma bala para lançar a grife e não podia perder. Eu só era alguém que ela precisava tirar de lá para evitar a confusão.

— Eu disse que não dava certo — disse Daniel.

Eu nem conseguia falar. Minha boca tinha gosto de cabo de guarda-chuva. Meu corpo doía. Queria deitar. Dormir. Nem pensar que meu pai podia ser capaz de me dar um beijo sem noção de quem eu fosse. Nos meus sonhos, eu pensava que só de me ver ele já saberia de tudo!

Já íamos embora quando uma moça se aproximou, acompanhada de um fotógrafo.

— Ainda bem que te achei — disse. — Sou repórter.

Olhei para ela assustada. Qual o lance?

— Ouvi quando gritou que é filha do Danilo Vaz. Até fizemos umas fotos quando foi retirada pelos seguranças. Diz aí, é verdade?

Fiquei em silêncio. Em seguida, comecei a chorar.

— Ele nem sabe que existo!

Senti a luz de mais um *flash* em cima do meu rosto. E não parei mais de falar.

# 3. Luta judicial

Foi um escândalo. Os jornais mal falaram do lançamento da grife. Todo o assunto foi minha entrevista. Desde como minha mãe conheceu o Danilo Vaz no Rio de Janeiro até minha tentativa de me apresentar como filha. Na reportagem, ele parecia um monstro sem sentimentos, que nem se importara com meus gritos. Na escola ninguém falava em outra coisa. Muitas colegas disseram que eu era uma "aparecida", que só tinha feito aquilo para sair no jornal. E que por falta de pai tinha escolhido logo um rico e famoso. Ainda mais, me acusavam de querer dar o golpe! A orientadora da escola me chamou. Chorei de novo quando contei tudo. Ela foi muito gentil. Quis falar com minha tia, para confirmar minha versão dos fatos. Segundo a orientadora, se fosse imaginação, era o caso de procurar psicólogo. Mostrei o recorte de revista que minha mãe me dera. A orientadora comentou que eu mesma podia ter recortado.

— Nem posso te culpar se é uma fantasia, porque deve ser difícil não conhecer o pai. Mas se te atormenta tanto é caso de tratamento.

Tia Paula ficou uma fera. Na repartição fizeram piada. Caçoaram dizendo que ia enricar com o dinheiro da sobrinha. Meu primo Daniel brigou com os amigos. Voltou para casa irado.

— Andam dizendo que a gente quer surfar na polenta. Botar as patas no dinheiro do astro de televisão!

O telefone não parava. Tia Paula saiu do trabalho mais cedo. Avisou para eu não falar mais com repórteres. Telefonou para pedir conselho ao promotor que fora noivo de mamãe. No fim do expediente, ele foi lá em casa. Conversou sério comigo.

— Por que nunca falastes de tuas suspeitas com tua tia?

— Eu tentei, mas ela não deixou. Disse que mamãe estava delirando!

Tia Paula reconheceu que eu tentei entrar no assunto. Mas ela fugia por pensar que só me faria sofrer.

— Não quis dar corda. O sentimento da Cibele deve ser muito forte. Todo mundo quer conhecer o pai. Quando ela puxava conversa, eu dizia que estava cansada. Mudava o rumo. Se eu tivesse condição de prever o escândalo, teria tido outra atitude.

— Não adianta chorar sobre o leite derramado — comentou o doutor Ferraz.

Conversou bastante conosco. Repeti cada palavra da minha última noite com mamãe. Mostrei o recorte com a foto de Danilo Vaz, que ela mesma me dera. Titia lembrou do *show* de *rock*, da vida de mamãe no Rio de Janeiro.

— A Cléo contava que tinha morado com um ator, mas era um completo desconhecido!

— Depois de tantos anos, pode ser ele sim. Ficou famoso — lembrou o promotor.

O doutor Ferraz continuou:

— Depois de tanto barulho, só mesmo entrando com processo na justiça. Pedir o exame de DNA.

Arrepiei só de ouvir essa palavra. Um exame que seria definitivo! Sim ou não, com certeza! Ele explicou: se fosse provada a paternidade, eu teria direitos. Uma pensão até a maioridade. Talvez uma indenização pelo tempo em que não me ajudou.

— E o nome, vou poder usar?

— O nome, sim. Também terás direito à herança se alguma coisa acontecer com ele.

Ter seu sobrenome no meu registro! Um sobrenome paterno!

— Mas hoje em dia muita gente rica ou famosa sofre esse tipo de processo — continuou o doutor Ferraz. — Pode ser que ele se recuse ao exame, entre na justiça para se defender.

Tia Paula lembrou que antes do ator mamãe morava com um artesão, na serra, em Visconde de Mauá. Fazia bijuterias.

— As datas são muito próximas. Já pensou a vergonha se a gente descobre que o tal galã das novelas não é o pai?

O doutor Ferraz me encarou, sério.

— Cibele, estás disposta a passar por tudo isso? O escândalo vai explodir ainda mais, pois se trata de um homem muito famoso!

Concordei com a cabeça. Depois da reportagem, como voltar atrás?

As revistas não paravam de ligar. Inspirada no jornal gaúcho, toda a imprensa do país queria detalhes, entrevistas. Um outro fotógrafo foi me esperar na porta da escola, para pegar um flagrante. Doutor Ferraz nos aconselhou a agir depressa.

— Vou falar com um amigo advogado para ver se pode assumir o caso em troca de uma porcentagem da indenização, se ganharem. Amanhã telefono.

Levantou-se. Na porta, comentou.

— Mesmo depois de morta, a Cléo continua fazendo confusão!

Magoei. Mas não disse nada. Deixei por conta da dor de cotovelo por ter sido abandonado por mamãe nas vésperas do casamento.

No dia seguinte, o advogado nos telefonou. Era o doutor Élbio Giovanni. Foi até em casa. Tratou de tudo com tia Paula. Pegaria o caso. Se recebêssemos uma indenização, ficaria com vinte por cento. Em compensação, não teríamos despesas muito grandes durante o processo.

— Nada mais justo — comentou titia.

— De agora em diante, evitem as reportagens. O juiz pode achar que estão querendo aparecer — avisou ele.

Era tarde demais.

Naquela semana, todas as revistas de televisão e personalidades falaram do caso. Por ser menor de idade, só botavam as iniciais do meu nome. E umas fotos com uma ridícula tarja preta em cima dos meus olhos, que não escondia coisa nenhuma. Quem me conhecia não tinha dúvida. Era eu!

Como eu não dei mais entrevistas, as histórias eram baseadas na primeira conversa com a repórter, no *shopping*. Mas também falaram com conhecidos, vizinhos, sei lá mais quem. Pareciam ter boas informações, porque até detalhes da minha vida escolar apareceram! Contaram toda a história de mamãe. Segundo as reportagens, uma *hippie* sem paradeiro.

Mas o que todo mundo queria era ouvir meu "suposto pai", como diziam. Vi várias fotos suas. Sempre cercado por microfones e fotógrafos, ao lado da mulher e do filho recém-nascido. Negava.

— Nunca vivi com uma *hippie*. Essa garota está inventando tudo. Não tenho filha coisa nenhuma.

Foi um golpe. Ele não tinha a menor vontade de me conhecer. Pior ainda: já tinha formado opinião. Achava que eu era uma golpista, que cobiçava o dinheiro dele.

A cada entrevista ele repetia o refrão: "Não tenho filha coisa nenhuma".

Eu era a coisa nenhuma!

Chorei.

Daniel se aproximou de mim, triste. Decerto também esperava que ele viesse me conhecer, se interessasse em saber a verdade.

— O teu pai é um xucro!

Tia Paula foi mais prática. Fechou as revistas.

— É melhor parar com o choro, Cibele, o pior ainda está por vir.

— Que pior, tia, que pior? Ele já disse que não tem filha.

— Pior será durante o processo!

Corri para o quarto. Deitei na cama, sacudida pelos soluços.

Queria voltar ao tempo dos meus sonhos! Quando eu podia imaginar um pai amoroso, louco para me conhecer. Um rei para me levar a um castelo. E não aquele homem egoísta, com outra família, outro filho, que nem queria saber se eu existia!

Nosso advogado entrou com um pedido judicial de reconhecimento de paternidade. Os jornais voltaram a noticiar. Na escola, passaram a me olhar com mais respeito.

60

— Se tem processo, é porque não se trata de brincadeira! — comentou Mateus. — A gurizada agora acredita na tua intenção. Qual é o próximo passo?

— O juiz vai pedir o exame de DNA!

Tia Paula falou com a orientadora. Contou a vida de mamãe. Pediu que evitasse a presença de repórteres na escola. Mesmo assim, me assediavam na rua. Tiravam fotos. Pareciam ter um aparelho de Raio X investigando minha vida. Até do exame de DNA um jornal falou! E o advogado nem tinha entrado com o pedido! Como teriam descoberto? Eu não podia mais sair, ir ao cinema com Daniel ou Mateus. Ouvia comentários maldosos sobre minha mãe. Muitas colegas me invejavam.

— Tu te imagina a nota preta que vais ganhar!

Não era nada disso, mas como explicar?

Finalmente soubemos, pelo advogado, que a intimação chegara às mãos de meu "suposto pai". Até me acostumei com o termo. Era tão esquisito dizer "suposto pai" no princípio! Depois aprendi que enquanto não houvesse provas seria apenas uma hipótese. Suposto pai e suposta filha!

Pelo rumo dos acontecimentos, percebi que meu "suposto pai" não era o astro gentil das novelas, sempre de coração aberto. Brigou com alguns repórteres quando fizeram perguntas sobre mim! Quebrou a máquina de um fotógrafo. Insistia que não tinha filha e que nem lembrava da minha mãe.

— Estou sendo vítima de uma chantagem! — declarou, para minha vergonha.

Mas sua atitude mudou de repente, por causa das cartas dos fãs e programas de televisão.

Muita gente escreveu dizendo que sua atitude era muito feia. Se tinha uma filha, devia assumir. Nos programas da tarde, os apresentadores mostravam as revistas. Discutiam com advogados, psicólogos, religiosos.

— Se ele é pai, tem um dever a cumprir — disse um padre.

— A voz do sangue é a voz de Deus — comentou um pastor protestante.

— Como fica a cabeça dessa menina, sofrendo tanta rejeição? — argumentou um psicólogo.

— Se ficar comprovada a paternidade, a garota tem direitos — garantiu o advogado.

Estou resumindo. Debates eram frequentes. Parecia que eu tinha ligado um motor, e que agora as coisas andavam sozinhas. Era um inferno. Mas não conseguia deixar de ler as reportagens! Pela primeira vez, meu pai sabia da minha existência. Por mais que negasse, tinha visto minhas fotos nas revistas. Sabia em que cidade eu morava, onde estudava, minha idade, a cor dos meus cabelos. Meu nome.

Um dia, tia Paula chegou mais cedo, com o rosto corado.

— O advogado ligou. Temos uma reunião no escritório. Disse que pode ser decisiva. Alguém veio do Rio de Janeiro, mas não sei quem é.

Meu coração bateu mais depressa. Seria ele? Teria vindo anônimo para Porto Alegre para me conhecer? Mas por que não viera até em casa? "Quem sabe prefere me conhecer primeiro, para depois me assumir?"— pensei. Botei meu *jeans*, minha camiseta mais bonita e um casaco de couro trilegal, por causa do tempo frio. Penteei o cabelo de várias maneiras. No fim, puxei tudo para trás. Olhei no espelho. Estava mais parecida com minha mãe do que nunca! Mas quem sabe, ao me olhar, ele também reconhecesse algum traço de sua família?

Mas, no escritório, eu e tia Paula encontramos uma mulher. A primeira coisa que notei em seu rosto foram os olhos. Duros. Sem emoção. Era muito gorda, mas vestia-se com calças justas, que acentuavam ainda mais seu tamanho. Uma bata gigantesca, bordada. Cabelos pretos curtos. Não usava maquiagem. Seus gestos eram rápidos. Agressivos. Ao me ver, não ofereceu sequer um sorriso. Nem por gentileza. Parei à sua frente constrangida, com a impressão de ter feito alguma coisa errada.

— Sou Márcia, agente do Danilo. Eu é que cuido dos negócios dele, dos contratos.

Sorri. Ele não viera, mas mandara alguém próximo para me conhecer. Talvez minha primeira impressão fosse errada. Ela me mediu dos pés à cabeça.

— É você que se diz filha do Danilo?

— Eu sou filha.

— Não pode afirmar que é, porque nada foi provado.

— Não aceito que trate a Cibele desse jeito — argumentou nosso advogado. — Está sendo agressiva.

Márcia deu um sorriso torto, de descrença.

— Não sou um tiquinho parecida com meu pai?

Ela nem pareceu me ouvir.

— Vim aqui para resolver a questão — respondeu. — Todo esse escândalo está prejudicando a carreira do Danilo.

— Mas eu não quero prejudicar! — respondi.

— Fica dando declarações de que é filha dele, forçando as coisas. Dá a impressão de que ele é um irresponsável. Não é bom para a imagem do Danilo perante o público.

— Eu só queria conhecer meu pai.

— Olha aqui, o Danilo já fez muita novela na televisão. Não precisa de uma na vida real.

— Mas...

— Cibele, não adianta discutir — avisou tia Paula. — Ela não veio para nos ouvir.

— Quero propor um acordo — anunciou a mulher.

— Acordo? Que tipo? — ainda perguntei.

— Quanto você quer para parar com esse escândalo e nunca mais dizer que o Danilo é seu pai? Ele paga bem pelo seu silêncio!

Paralisei. Até tontura senti. Então, tudo se reduzia a uma questão de preço? Meu pai, meu "suposto pai", enviara aquela mulher para saber quanto custavam meus sentimentos! Um calorão subiu no meu peito. Deu vontade de sair correndo. Nunca mais pensar no nome do meu pai. Tia Paula falou por mim.

— Estás nos ofendendo.

Márcia deu de ombros.

— Não é grana que vocês querem? Só estou encurtando o caminho. O Danilo paga. Vocês param com o escândalo, com a ameaça judicial. Não tocam mais no assunto.

Tia Paula insistiu.

— Será que ele não pensa nos sentimentos da guria? Perdeu a mãe, tem o direito de querer saber do pai. Ele, o Danilo, não se preocupou com a filha, não quer saber como ela é?

De novo o sorrisinho torto.

— O Danilo está casado, teve um filho. Tem uma família.

Gritei.

— Mas e eu, não sou da família?

Márcia me encarou.

— Pelo que me consta, você foi só um acidente.

Tia Paula perdeu a paciência.

— Fora daqui, dona, antes que eu te dê uns tabefes. Ninguém fala assim com a Cibele. A gente pode não ter muita coisa, mas não somos picaretas.

Márcia jogou o cartão sobre a mesa.

— Se quiserem aceitar minha proposta, telefonem. Vai ser mais rápido que o processo.

Foi para a porta e deu o golpe final.

— Acho difícil, mas pode até ser que vocês provem alguma coisa. E daí? Filha, filha, ela nunca vai ser. É melhor sair lucrando enquanto é tempo.

Foi embora. Fiquei pasma, sentada na cadeira do advogado. Titia me trouxe um copo d'água.

— É melhor parar com o processo — disse ela.

— Parar? — admirei-me.

— Você já teve ideia de tudo pelo que vai passar. Vão arrasar com tua alma. Acusar de interesseira. Ele é um ator famoso. E se o povo acreditar mais na palavra dele que na tua?

O advogado também deu sua opinião.

— Eu nunca aconselho um cliente a desistir. Mas acordo é melhor que lutar na Justiça. Pensa bem, Cibele. Mesmo que tu proves que ele é teu pai. O Danilo já deixou claro que não tem interesse em saber a verdade. Ganharás dinheiro, isso é certo. Mas pode ser melhor um acordo. Garantirás teus estudos, pelo menos. Já o processo é briga de cachorro grande.

Ergui a cabeça. Senti uma chama crescer dentro de mim.

— Não quero acordo.

— Pode ser vantajoso — insistiu o advogado.

— O senhor não entendeu, doutor. Não é vantagem que eu busco. Eu quero poder dizer a palavra nunca dita. Pai. Meu pai. Quero dizer pai, com tudo o que esse nome significa. Não me importa se é só sonho nem se ele não quer me ouvir. É a palavra que grita no meu coração!

A decisão foi tomada. Não haveria acordo.

Resolvemos exigir o exame de DNA.

# 4. Segredo no jornal

Depois que o processo foi iniciado, não tivemos notícias de meu "suposto pai" por um bom tempo. Os jornais e as revistas ainda buscavam reportagens, mas, na falta de novas histórias, pouco falavam do assunto. Na escola, em compensação, não faltavam comentários. A turma se dividiu em dois grupos. O grupo dos que acreditavam que Danilo Vaz fosse meu pai dizia que eu tinha tirado a sorte grande. Quem sabe até acabasse virando atriz também! O outro achava que tudo era invenção. Ou loucura. Muitos apostavam que eu queria dar um golpe, levantar uma grana. Muitos diziam que por falta de pai verdadeiro eu tinha pirado, inventado aquela história.

O pior era o Lucas. Sempre me azucrinava. Dizia que eu tinha entrado numa roubada.

— Com gente assim não se brinca, Cibele. Tu te imagina que vai tomar o dinheiro desse astro das novelas?

— Não dá palpite, Lucas. O que é meu tá guardado.

Lucas me irritava demais, querendo dar conselho, palpite. Quando falava, me dava nos nervos. Magrinho, moreno, com os cabelos em franja sobre a testa, era o melhor aluno de matemática do colégio. Mas era meio esquisito, nunca ia às baladas. Eu preferia o Mateus. Sempre por perto, sempre um amigão.

Passei a sair pouco. Quase nunca ia ao cinema ou *shopping*. Sempre tinha alguém que me reconhecia e vinha saber da história toda. O doutor Élbio Giovanni pedira para eu não comentar nada com ninguém.

— Qualquer informação que vase, principalmente para a imprensa, pode ser mal interpretada.

— Mas o juiz não pede o exame de DNA automaticamente?

Doutor Élbio explicou com paciência.

— Não é tão simples assim. Varia de acordo com a interpretação do juiz. Ele pedirá o exame diante das evidências de que tua mãe teve um relacionamento com o Danilo. Só temos teu testemunho. Tua mãe só te contou tudo na cama do hospital. Podem argumentar que estava confusa.

— Quanto mais eu lembro daquela noite, doutor, mais tenho certeza de que ela estava falando a verdade!

— Mas o juiz vai ter que formar uma opinião! Mesmo se receber um pedido judicial, o Danilo pode se recusar ao teste de DNA. Se não fizer, pode ser uma evidência a seu favor, para o reconhecimento da paternidade. Mas se o juiz tiver uma forte impressão de que é um golpe por dinheiro, pode recusar o pedido do exame.

Segundo explicou, o melhor era sair o mínimo possível, evitar conversas e, principalmente, reportagens.

— Não é bom fazer pressão pela imprensa. Temos que buscar as vias legais.

Não demorou muito, tudo se complicou com um telefonema do advogado.

— Há uma pessoa que quer falar contigo e tua tia. É assunto confidencial.

Não quis dizer quem era. Marcou a reunião em casa, fora do escritório. Tia Paula se preparou.

— Se for aquela mulher, não passa nem da porta. E ainda fico brava com o doutor Élbio!

Eu, a tia e o Daniel ficamos à espera. Senti muita preocupação. Pelo jeito do advogado, vinha notícia.

De fato, foi uma virada nos acontecimentos!

No final da tarde, ele chegou com um homem alto, de queixo bem marcado e cabelos loiros compridos amarrados num rabo de cavalo. *Jeans* e camiseta simples. Corrente com cruz e uma medalha da Virgem Maria. Pulseira. Dois anéis de prata. Um brinco de argola numa das orelhas. Bolsa de viagem de couro marrom, velha e gasta. Quando entrou na sala, me encarou com um sorriso cheio de calor.

— Cibele? Li sobre você nos jornais.

Fiquei muda, à espera. Ele deu um passo em minha direção. Olhos úmidos de tanta emoção. Disparou.

— Eu acho que sou teu pai.

Dei um pulo para trás. Que conversa era essa agora? Mais um truque? Por medo do processo, meu "suposto pai" mandara um laranja para complicar tudo? Observei o jeito dele, pronta para dizer poucas e boas. Mas não, não parecia estar mentindo. Pelo contrário. Estava muito emocionado. Seu sorriso era quase ingênuo, de garoto.

— Bah! Que brincadeira é essa? — falou Daniel. — Tão querendo embromar minha prima?

— Desculpe aparecer assim e já ir falando desse jeito — disse o homem — Eu não pude me conter!

— É, o senhor não fez nada do que combinamos — comentou o advogado.

— Foi a emoção de ver a menina. Tem o jeito da mãe!

— Minha mãe?

— Posso sentar? — perguntou, já se instalando numa cadeira. — Tenho uma longa história pra contar.

— Aceitas um café, um chima? — arriscou minha tia.

— Tem chá? Não tomo café.

— Faço um.

A tia foi para a cozinha. O homem sorriu novamente e seu jeito era franco, aberto. Passado o primeiro susto, tive a impressão de que gostaria dele.

— Meu nome é Augusto, os amigos me chamam de Guto.

— Teu brinco é irado — disse meu primo.

— Sou eu que fabrico. Quer um?

— Você faz joia?

— Não chego a tanto. Bijuteria. Tenho uma fabriqueta em Sampa. Vai querer o brinco?

Daniel hesitou.

— Dói furar a orelha?

— Não, mas precisa tomar cuidado. Tem que ser tudo esterilizado.

A tia entrou com chá e café para todos.

— Tu te imagina que vou deixar meu guri furar a orelha!?

— Deixa de ser velha, mãe, que tá na moda.

Ela serviu o chá e exigiu.

— Desembucha, homem, que eu tenho certeza de que o coração da Cibele tá saindo pela boca.

Guto botou a mão no bolso. Tirou a carteira. Puxou uma foto velha, colorida, de um casal nas montanhas, com pinheiros ao fundo.

— Vê?

Olhei bem. Era ele com mamãe!

Sim, era minha mãe, como eu nunca conhecera. Jovem, bonita, os cabelos dourados de sol. Toda iluminada, como se tivesse sua própria luz.

— É... minha mãe.

— Eu morei com a Cléo, sua mãe, um tempão lá em Visconde de Mauá. A gente fazia artesanato. Vendia em feiras pelo país todo. Mas nosso pouso era lá, nas montanhas.

Deu de novo aquele sorriso lindo.

— Sabe, naquela época a gente morava numa casa sem eletricidade, perto de um riozinho e se sentia feliz. Agora eu tenho minha fabriqueta, vivo bem, tenho um apartamento bom, prédio com piscina. Mas nunca tenho tempo pra olhar as estrelas! E fico pensando se viver daquele jeito não era melhor...

Eu já ouvira falar da fase em que mamãe morou na serra do Rio de Janeiro. Guto suspirou.

— Eu era apaixonado pela Cléo! Sei lá, quando penso nela penso também nos bons tempos. Depois que ela foi embora dei muita cabeçada. Acabei voltando pra Sampa, passei a vender pras lojas. Montei empresa. Cresci. Estou bem de vida. Sempre pensei no que teria acontecido com a Cléo.

— Por que nunca procuraste minha irmã, se gostava tanto dela? — inquiriu titia.

— Mas eu procurei! Na época fui até o Rio atrás dela. Já estava em outra, não quis saber de mim. Depois eu casei com uma garota que conheci em São Paulo. Ela dá aula de Arte na universidade. Tive filhos. Fui me acomodando. Minha mulher ainda diz que eu tenho alma de mochileiro, mas tomei juízo.

Nosso advogado adiantou o assunto.

— Ele está disposto a assumir tua paternidade, Cibele.

— Como assim?

— Quando eu vi as reportagens, logo reconheci o nome da sua mãe. Tinha também o nome de seu advogado. Resolvi vir pra cá, falar pessoalmente. Hoje de manhã fui ao escritório do doutor Élbio. Verifiquei sua idade. Confere com a época em que nós vivemos juntos na serra. Você só pode ser minha filha.

Tia Paula foi firme.

— Mas o senhor diz que tem mulher e filhos. Que pretende com a minha sobrinha?

— Falei com minha mulher e ela está comigo nessa história. Lá no apartamento tem um lugar pra Cibele. Minha mulher só não veio porque tinha aula pra dar, mas quer muito lhe conhecer. Se quiser, você já volta comigo pra Sampa.

A tia olhou pra mim cheia de felicidade.

— Cibele, estás vendo? A verdade veio à tona!

Só que no fundo do meu coração eu sentia que a solução não seria tão fácil.

— Mas vais me reconhecer sem fazer o exame de DNA? Pra ter certeza?

Ele mergulhou seus olhos em mim. De repente, entendi por que tinha aquele jeito tão especial. Seus olhos pareciam enxergar através de uma pessoa. Eram calmos, bondosos.

— Eu e minha mulher também conversamos sobre isso. Não precisa.

— E se eu não for?

— Eu tive adoração por sua mãe. Pra mim, DNA é só uma palavra. O que vier escrito no teste também. Sim ou não, sim ou não. São só palavras. Mas meu sentimento pela sua mãe veio antes de todas essas palavras. Não tem rótulo. O que o teste disser não vai ser mais forte que meu sentimento. Eu quero ser sua família.

Até Daniel que era duro na queda estava quase chorando. Eu senti um desejo enorme de abraçar aquele homem. Mas só peguei em sua mão. Fiquei apertando sua palma durante muito tempo.

— Não sabes o bem que me fazes, só por falares dessa maneira — sorri.

— Li nas reportagens que sua mãe morreu e que você tem uma vida simples. Eu tenho uma boa condição, graças a Deus.

— Mas não é isso — respondi.

Tia Paula se ergueu furiosa.

— Como não é isso? Eu me mato pra botar comida na mesa, pra manter essa casa funcionando... Tem telha quebrada e não posso consertar. O dia que vier uma chuva forte vamos ter que andar de sombrinha dentro de casa. E tu dizes que dinheiro não importa?

Meus olhos estavam úmidos. Eu não queria ferir aquele homem.

— Esperei tanto tempo. Eu quero a verdade.

Ele me olhou de lado.

— Ou prefere ter um pai famoso como aquele ator?

— Não! Se fizer o teste e o resultado for que és meu pai, eu vou ser a guria mais feliz do mundo. Eu sempre quis ter uma família com pai, mãe, irmãos, como dizes que eu posso ter. Mas eu não quero ficar com a dúvida. Preciso ter certeza.

Seu sorriso iluminou a sala. Apertou minha mão.

— Você é legal. Tomara que seja minha filha!

Imediatamente, concordou em fazer o teste numa clínica particular.

É claro que no dia seguinte eu me sentia diferente. Aliviada. Nem conseguia disfarçar. Mateus se aproximou.

— Quanta alegria. Que te aconteceu?

— Não posso contar, Mateus. É segredo.

Ele estendeu a mão e tocou meus cabelos. Fez um carinho leve no meu rosto, mas já fiquei toda derretida.

— Pra mim você vai ter segredo?

Eu prometera não abrir a boca. Segundo o advogado, o processo poderia ficar muito comprometido se alguém soubesse que meu pai talvez não fosse o Danilo Vaz. O certo seria fazer o teste de DNA em segredo. Se o Guto fosse meu pai, retiraríamos o processo contra o Danilo. Se não, continuaríamos com o pedido judicial. Mas se a imprensa falasse sobre a situação o juiz poderia indeferir o pedido do Danilo. Era uma encruzilhada judicial! Além disso, só de pensar no que falariam de mamãe, eu tinha horror. Assim, eu estava numa situação ridícula. Até algum tempo, não tinha a menor ideia de quem fosse meu pai. Agora, tinha dois. Se a notícia vazasse, podia ficar sem nenhum!

Mas não nego, estava entusiasmada. E se meu pai fosse o Guto, com certeza? Sentia prazer em poder retirar o processo, para que o Danilo soubesse que eu não precisava dele. Podia ficar com seu dinheiro, sua fama e seu egoísmo! Havia uma grande diferença. Para o Danilo, eu era um acidente. Para o Guto, uma filha querida que ele viera procurar!

Restava descobrir a verdade.

O Mateus insistiu.

— Bah, e a confiança em mim?

— Prometes segredo?

Desabafei. Contei tudo sobre a chegada do Guto. Sua voz calorosa, sua oferta para que eu fosse viver com sua família como filha, mesmo sem certeza médica.

— Mas ele não é famoso! — admirou-se Mateus.

— Que importa, eu quero um pai!

Nesse instante, ouvimos um barulho próximo. Era o Lucas que estava por perto. Derrubara uns livros de uma pilha que carregava nos braços. Fiquei fora de mim.

— Estavas ouvindo nossa conversa?

— Não foi por querer. Estava passando e ouvi, sim! Que bom que tu encontraste teu pai.

— Olha aqui, Lucas, é segredo. Tu podes me prejudicar se alguém ficar sabendo.

— Não sou dedo-duro. Olhe lá, que não gosto do teu jeito de falar.

Virei de costas, furiosa.

— Só faltava essa!

Mateus tentou me acalmar. Aos poucos, me equilibrei.

O dia seguinte foi agitado. Eu e Guto fomos recolher material para o teste. Tudo muito discretamente. Era preciso esperar. Guto tomou o avião para São Paulo. Voltaria para receber a resposta.

— Se for o caso, eu mesmo envio o resultado — propôs o advogado.

— Prefiro vir eu mesmo!

Quando fez sinal de adeus, senti tristeza. Já era um querido, mesmo o tendo conhecido tão pouco!

Mas logo em seguida a tempestade desabou.

No dia seguinte, acordei com o grito de tia Paula.

— Olha o jornal!

Em primeira página, a manchete: "Surge o verdadeiro pai de..."

A história inteira estava lá. Meu nome protegido pelas iniciais. Mas, a esta altura, na cidade todo mundo já sabia de mim. Tudo contado e recontado. A vinda de Guto. Sua história com mamãe. A ida dela para o Rio no festival de *rock*. E o namoro com o astro.

Quando Guto havia contado seu romance com mamãe, suas palavras eram cheias de ternura. Mesmo quando nós, na família, comentávamos da sua vida, do seu ir e vir, havia uma dose de carinho. De tristeza. Narrada no jornal, parecia uma história sórdida. O jeito de ser de mamãe, um tanto sem foco na vida, mas com seu sorriso doce de eterna criança, transformou-se numa coisa feia. Mamãe parecia uma ah, eu nem quero dizer a palavra. Doía! O jornal também me atacou. Deu a impressão de que eu e titia estávamos tentando dar um golpe no ator famoso, por puro interesse no dinheiro e vontade de aparecer nos jornais. O Danilo Vaz era apontado como um pobre rapaz enganado por mamãe. Segundo a descrição, uma mulher mais velha. Embora ela tivesse só dois anos mais que ele! Só dois! Mas, quando se falava "mulher mais velha", dava a impressão de que se tratava de um pobre garotinho nas mãos de uma mulher esperta e experiente.

Descobri que as palavras são como tintas que pintam as paredes. A mesma história narrada por Guto tinha tons suaves. Nos jornais, cores violentas. Os adjetivos, verbos, substantivos se encaixavam formando novos desenhos, novas paisagens. Embora os dados fossem os mesmos. Descobri também que existem várias maneiras de dizer a mesma coisa. Algumas provocam lágrimas. Mas o mesmo acontecimento pode ser descrito de forma a despertar terror, susto ou até mesmo risadas!

Perdi a aula. Daniel também. Titia teve que chegar mais tarde no trabalho, pois o advogado convocou uma reunião urgente.

— De onde saiu toda essa trapalhada? — quis saber.

— É claro que não comentei nem uma palavra — garantiu titia.

Doutor Élbio encarou Daniel.

— Você tem namorada, Daniel?

— Mesmo que tivesse não ia contar!

— O fato é que demos um tremendo passo atrás. Se o DNA apontar o Guto como o verdadeiro pai da Cibele, tudo bem. Esquecemos a imprensa, os comentários, a guria muda de cidade e daqui a pouco ninguém mais vai falar no assunto. Mas, se não, nossa posição fica difícil.

— Difícil como? — quis saber titia.

— É óbvio. O juiz pode até imaginar que a Cléo, a mãe da Cibele, desculpe colocar as coisas dessa maneira, mas é preciso... bueno, ele pode suspeitar que... ahn... existem outras possibilidades.

— Que outras possibilidades? — perguntei.

— A impressão que a reportagem dá é de que tua mãe trocava de namorado como de sapato. Quantos testes de DNA teria que pedir nesse caso?

— Magoa falar assim de mamãe! — gritei.

— Está ofendendo a memória da minha irmã! — gritou tia Paula.

— Estou nos cascos — declarou o advogado. — Lamento se te magoei e, juro, Cibele, longe de mim te machucar. Mas temos que encarar a realidade. Quem destruiu a memória da tua mãe foi essa reportagem. Queira Deus que o exame prove que o Guto é teu pai e tudo fique resolvido.

— Senão, está tudo perdido?

Ele respirou fundo.

— Não, perdido não. Eu sou um guerreiro. Entrei na luta e vou até o fim. A gente perde uma batalha, mas ganha outra. O mais importante agora é saber como a notícia vazou. A faxineira da casa, talvez?

— Não temos faxineira há muito tempo — disse titia. — A Cibele e o Daniel garantem a limpeza. Mas se não fui eu nem o Daniel...

Tia Paula me encarou.

— Fui eu — declarei.

— Justo tu, Cibele, que és a mais interessada?

Lembrei-me de Lucas ouvindo minha conversa com Mateus.

— Eu contei pra um amigo da maior confiança. Mas tinha um guri da classe perto da gente e não vi. Só pode ter sido ele.

Doutor Élbio me examinou.

— Ou contaste cobiçando aparecer no jornal de novo?

— Que ideia?!

— Está acusando minha sobrinha, doutor?

— Eu preciso saber — disse o advogado. — Só posso cuidar do caso se tiver confiança. Agora tens que me contar a verdade dos fatos.

— Não, não! Não ia arriscar tudo. Ainda mais para ver o jornal falar que sou interesseira, que mamãe não valia nada.

— Muita gente tem gosto por aparecer no jornal.

— Ma... mas eu... eu... não sou muita gente, eu sou eu.

Nem conseguia falar direito, de tão nervosa.

— Estava para morrer de tanta alegria. Eu gostei do Guto, sabe, doutor? Achei que se fosse meu pai seria bom. E o Mateus é trilegal, um amigo de fato.

— Sempre esteve com a gente, desde o começo — garantiu Daniel. — Foi ele que ajudou da primeira vez no *shopping*, quando ela foi falar com Danilo.

— É teu namorado?

— Que ideia, a Cibele nem tem idade pra namorar — introduziu a tia.

Avermelhei.

— Não... não bem namorado, mas a gente já ficou.

— Que história é essa de ficar, Cibele? Estás seguindo o mesmo caminho da tua mãe.

Levantei, fora de mim.

— Não fala assim da minha mãe. Que os jornais falem, tia Paula, eu não posso impedir. Mas tu, que és irmã dela, não! A mãe não está aqui pra se defender.

— Melhor te acalmares, Cibele — aconselhou o doutor.

— Eu perdi a paciência — ajudou titia. — Mas é que não esperava que justo a Cibele desse com a língua nos dentes!

— Sei que errei — me acalmei. — Mas eu estava tão contente! Acabei falando. Fiz mal. Não vai acontecer outra vez. Fui mesmo uma negação.

— Seria pior se a gente não soubesse de onde saiu a notícia — lembrou o advogado. — A partir de agora, aprendeste! Toma cuidado com o que vai dizer.

Fiz que sim.

Quando saímos, titia foi diretamente para o trabalho. Daniel perguntou.

— Que é desse Lucas?

— Está na mesma classe que eu.

— Vou tirar satisfação.

Eu não queria mais confusão. Mas também não achava justo que o Lucas me fizesse tanto mal sem pagar por isso. Fomos até o colégio.

Não demorou muito, Lucas saiu. Sozinho, como sempre, com olhar fixo na calçada. Não bastasse a mochila nas costas, uma pilha de livros nas mãos.

— Aí, Lucas — gritou Daniel, já caminhando em sua direção.

Ele ergueu a cabeça. Parou. Deu um leve sorriso. Zombando de mim, com certeza.

Daniel não disse mais nada. Deu um tremendo de um murro na cara dele.

...

A diretora atirou o jornal na mesa. Eu, Daniel e Lucas estávamos sentados à sua frente. O queixo de Lucas estava roxo. Tinha um curativo, nem tanto por conta do murro, mas por ter caído no chão. Levou cinco pontos no ambulatório. Tivemos que esperar. A diretora telefonou para titia, que chegou pouco depois, falando sem parar.

— Ninguém pensa que eu tenho que trabalhar pra botar comida na mesa?

— Eu queria arrebentar o cretino. É que me seguraram — afirmou Daniel.

— Pode ser até expulso da escola pela briga — afirmou a diretora. — Quero os fatos.

Expliquei de novo.

— Já contei tudo. O Lucas dedurou tudo pro jornal. Olha só o que falaram da minha mãe.

— A Cibele teve quase um desmaio quando viu — exagerou Daniel. — É minha prima, eu tinha que defender.

— Eu... — disse Lucas com dificuldade.

— Nem sei o que fazes aqui ainda, Lucas. Se te disse pra ir pra casa — avisou a diretora. — Olha que a pancada vai doer. Por sorte não perdeste um dente.

— Se pudesse, arrancava a dentadura toda — teimou Daniel.

— Para de falar assim ou te complicas mais ainda — pediu tia Paula.

A diretora fez um sinal para silenciarmos. Avisou.

— Em tempos normais, seria expulsão na certa. Mas uma diretora ou gestora escolar, como se diz atualmente, tem que compreender cada situação. Eu entendo que a senhora, dona Paula, e sua família devem estar estressadas com o processo de paternidade. Ainda mais contra um ator famoso. Não se fala em outra coisa na cidade.

A diretora refletiu.

— Até amigas minhas de muito tempo, pessoas discretas, quando sabem que a Cibele está nessa escola vêm fazer perguntas, fazem mexericos... Imagino o que há de ser.

— Tem dias que nem tenho vontade de ir pro trabalho — confessou titia. — É falatório o tempo todo. Se eu tivesse ideia de que iria provocar tanta conversa, talvez nem começasse o processo.

— É assim porque o suposto pai é um astro da televisão — concordou a diretora.

Abriu o jornal.

— Mas e agora, há outro pai?

— Minha irmã se separou de um rapaz... E segundo acreditamos logo em seguida foi morar com o Danilo, que nem era um ator famoso. O outro rapaz hoje tem uma empresa... E lendo os jornais nos localizou... Está disposto a assumir a Cibele.

— E ti, Cibele?

— Eu quero a verdade.

A diretora pensou mais um pouco.

— Mas o que é um pai de fato? Alguém apontado por um exame de sangue, por meio de um processo... Ou um homem que te quer como filha, de peito aberto?

— Eu não sei, diretora. Só sei o que meu coração diz. E o meu diz para descobrir quem é.

— Imagino o quanto estás sofrendo, Cibele. Mas não é isso que viemos discutir aqui. Eu só comecei a falar do assunto pra explicar que minha situação não é fácil. O Daniel é aluno dessa escola. Agrediu outro aluno. Pior ainda, de maneira traiçoeira.

— Mais traiçoeiro foi ele que contou tudo pros jornais. Prejudicou a prima!

— Fica quieto, Daniel. O Lucas estava carregado de livros, como sempre. Nem se defender podia. Mesmo que pudesse, não permito brigas na porta da escola. Mas agora há outra questão. Lucas, por que você contou tudo para a imprensa?

Lucas falou com dificuldade. A pancada devia estar doendo.

— Não contei nada pra ninguém! É por isso que fiz questão de ficar, diretora. Não quero que falem de mim pelas costas. Não sou dedo-duro, nunca fui!

Dei um grito.

— Mentira! Eu te vi ouvindo minha conversa com o Mateus.

— Eu ouvi, sim. Mas não contei. Não te quero mal, Cibele. Qualquer um saberia que é o tipo de notícia que prejudica um processo.

A diretora me encarou.

— Mateus? Foi o Mateus quem soube de tudo?

— Foi. Mas ele é meu amigo!

Houve uma pausa, em que ninguém disse palavra alguma. A diretora parecia estranha. Duas vezes abriu a boca como se fosse dizer alguma coisa, mas parou. Até que o Lucas respirou fundo.

— A irmã do Mateus está trabalhando no jornal, Cibele. Ele nunca te contou?

Por um instante, pensei que o Lucas estivesse mentindo. Ele continuou:

— Eu acho que aquela primeira reportagem, no *shopping*, já foi ela quem assinou!

Lembrei da moça que veio atrás de mim após o escândalo, com o fotógrafo. Parecia tão preparada! Mas, se era irmã do Mateus, por que ele não me apresentara? Lembrei também que, depois de saber das minhas intenções, de me apresentar como filha para o astro, fora o Mateus quem arrumara os ingressos para o desfile, ajudado por alguém da família!

Olhei para a diretora. Muda. Não queria falar sobre isso, com certeza. Talvez não achasse certo, como diretora, me fazer questionar um amigo. Sua expressão dizia mais do que mil palavras.

De repente, não tive mais dúvidas!

A amizade do Mateus cada vez mais próxima. A curiosidade. Se eu não queria contar uma coisa, ele insistia. E tudo, tudo o que aparecera no jornal desde a primeira vez, eram coisas que ele sabia. Até detalhes da minha vida no colégio.

Os outros pareciam ter chegado à mesma conclusão. Daniel levantou-se. Foi até Lucas, estendeu a mão.

— Perdoa aí.

— Já esqueci — respondeu Lucas.

Meu coração doía de tanta mágoa!

Era como se tivessem me dado uma punhalada nas costas.

Será que eu não podia mais confiar em ninguém?

# 5. Filha do vento

Meu desejo era nunca mais falar com o Mateus. Daniel queria lhe dar uma surra. Tia Paula também estava furiosa, mas foi contra qualquer atitude radical.

— É botar lenha na fogueira.

— Mas o que devo fazer?

Tia Paula nunca foi mulher de enfrentamentos. Não gostava de discussão, processo. Passar por uma ação judicial já era um trauma em sua vida. Quanto mais ser alvo de fofocas das colegas de trabalho, vizinhas e amigas. Como tutora, era minha representante legal. Todos os assuntos judiciais passavam por ela. Já estava quase no limite de suas forças. Preferia a vida pacata de antes, sem tanto barulho em torno da gente.

— Nessas horas é que sinto falta de um homem ao meu lado — sempre dizia.

— Mas eu sou homem! — gritava Daniel.

— Ainda frangote! — respondia tia Paula, já caindo na risada.

Daniel não gostava desse tipo de resposta. Talvez tivesse ido às vias de fato com o Lucas justamente para demonstrar que era homem! Eu sou chorona. Qualquer coisa, me debulho em lágrimas. Mas tenho uma qualidade ou defeito, não sei. Não consigo disfarçar. Nem consigo ficar calada! Digo na lata o que penso de alguém. Foi o que fiz com Mateus, no dia seguinte.

Cheguei à escola em cima da hora. Entrei correndo. Tive que pedir licença à professora. Sentei no meu lugar. Mateus estava na outra fileira e me cumprimentou de longe. Fingi que não o vira. A professora falava, falava, mas minha cabeça tinha virado mingau. Não entrava uma informação. Se ela me chamasse, era capaz de confundir meu próprio nome! Só conseguia pensar na traição que ele me fizera. Todos os conselhos da tia evaporaram. Dois dias antes ele tocara meus cabelos, com carinho. Enquanto eu contava minha vida! Para depois falar da minha vida para a irmã!

Quando deu o intervalo, saí depressa. Fui para um canto do pátio. Ele veio até mim, sorridente.

— E aí?

Nem respondi! Como ele podia sorrir pra mim, parecer amigo, depois do que fizera?

— Tudo legal? — insistiu.

Estranhava meu silêncio. Tinha prometido a mim mesma agir como uma dama. Não dizer nada. Tratá-lo com superioridade. Mas, na hora, senti um calor subindo pelo meu peito. Eu sou assim. Quieta. Boazinha. Mas quando me dão o tranco viro bicho.

— Não tens vergonha, Mateus? Que furo!

Ele me olhou espantado. Antes que respondesse, eu gritei, bem alto.

— Dedo-duro!

Vários colegas se aproximaram. Entre eles, Lucas. Daniel fora suspenso por três dias por conta da briga. Nem o apoio de meu primo eu teria!

— Tua irmã trabalha no jornal! Ficaste de conversa comigo só para saber as notícias e buzinar na orelha dela!

Mateus ficou branco.

— Eu posso explicar.

— Não vem com papo aranha, Mateus!

Mais uma vez silenciou. Quem sabe procurando as palavras certas para me convencer da sua inocência. Fui adiante. Quando me pisam, viro um trator.

— Não tens o que dizer, não é? És uma negação como amigo.

Ele revidou.

— E daí se contei, quem sabe sair no jornal ajudou o processo?!

— Sabias que era segredo! Dedo-duro! Chispa daqui, não fala mais comigo!

Mas ele mudou de atitude. Ergueu o queixo, aprumou o peito. Seus olhos endureceram. Sorriu torto.

— É dor de cotovelo, Cibele. Tens dor de cotovelo porque não quis saber de ti.

— Mentira!

— É que nunca quis te namorar, por isso me acusas! Mas eu tenho quem me queira, o que não é teu caso. Tem muita guria encantada comigo.

— Para, Mateus, para que nem te ligo.

— Mas ficavas sempre perto de mim, falando pelos cotovelos, contando tua vida! Tenho irmã jornalista, não ia aproveitar? Contavas tudo de bobeira! Quer saber? Pensas que és filha do famoso porque de fato não tens pai. Pura loucura! Tua mãe andava pra cá e pra lá, sabe Deus a fila de pais que vais arrumar.

Ouvi alguns colegas rindo de caçoada. Saí de mim, ergui a mão, pronta pra dar uma bofetada. Quando estava com a mão no alto, parei.

— Não vou me rebaixar, Mateus, que não mereces. Não fala mais comigo.

Cuspi no chão. Virei as costas. Senti um braço no meu ombro. Encostei a cabeça no peito e chorei. O intervalo acabou, mas eu continuava chorando. Ouvi o pessoal se afastando. Não queria mais erguer a cabeça de vergonha. Nem sabia quem estava me abraçando. Quando senti a camisa molhada de lágrimas, me afastei. Só então percebi de quem se tratava.

— Lucas!

Minha vergonha foi maior ainda.

— Ontem eu te xinguei, te tratei tão mal! Meu primo te bateu!

— Que importa, Cibele, tua situação é muito complicada. Já perdoei. Ao menos o Mateus se desmascarou na frente de todo mundo.

— Ele me disse coisas horríveis.

— Só ficou do lado dele quem nunca foi teu amigo de verdade.

Eu lembrei do antigo ditado. Quem vê cara não vê coração.

Mateus sempre tão perto de mim! Fui juntando os fatos. Desde a primeira vez que fora ao *shopping*, tudo que acontecia comigo saía no jornal! Quem sabe ele até fora comigo e com o Daniel no desfile para ajudar a irmã! Eu não a conhecia. Soube que a irmã estudara fora do Rio Grande do Sul. Só viera trabalhar em Porto Alegre há pouco tempo! Eu tonta, boba, acreditando na amizade do Mateus!

Mas não era por isso que devia duvidar de todo mundo!

Não tinha meu primo, que, mais que parente, era amigo? Lucas? Apesar da briga, estava lá, do meu lado!

— Vambora comer um xis — disse.

— E a aula?

— A essa altura a direção já sabe da briga. Fizestes bem em não bater na cara dele. Assim, não terão nada contra ti. Pelo contrário, fostes tu que destes o bom exemplo. Melhor irmos embora pra raiva passar de vez.

98

Aceitei. Fomos ao *shopping*. Comemos um xis. Conversamos durante horas. Lucas havia devorado mais livros do que eu podia imaginar.

— Tu estás muito desesperada com a história do teu pai, Cibele.

— Não devia estar?

— Eu já li muita história de filhos que não conheciam os pais. O caso, Cibele, é que tu pensas que o que acontece contigo é diferente de outras pessoas. Mas muita gente já passou pelo mesmo drama que o teu. Tanto que criaram o teste de DNA porque isso acontece com muita gente.

Refleti. Era fato. O teste não fora inventado só para meu uso!

— Muita gente procurou pelo pai ou a mãe, às vezes pela vida inteira. Tu te imagina na guerra, por exemplo? Famílias inteiras separadas. Em certos casos, só acharam os pais e irmãos anos depois.

— Mas é duro ouvir falar da minha mãe.

— Cibele, já não é fácil cuidares da tua vida! Quanto mais da tua mãe que já morreu. Encara a realidade dos fatos. Tua mãe teve a vida dela, do jeito que escolheu. Pelo que contas, foi feliz. Do jeito dela, mas foi. Agora é tua vez.

— É que quando falam...

— Que importa, se tu gostavas dela?

Sorri. Lucas argumentava como um adulto. Aos poucos, me acalmei. Quando saímos do *shopping*, nos despedimos. Mas tive um impulso. Corri de volta. E o abracei, bem forte.

Ele sorriu sem jeito, arrumando os óculos. Senti no fundo do coração. Alguma coisa boa tinha começado entre nós!

...

A data do resultado do teste se aproximou. Um dia antes, Guto voltou para Porto Alegre. Mais uma vez, tia Paula conseguiu licença no trabalho. Fomos ao laboratório em um carro alugado. Muito nervoso, Guto rodava o brinco na orelha sem parar, mexia no cabelo, tirava e punha o anel no dedo.

O médico nos recebeu com gentileza. Entramos. Havia dois envelopes sobre a mesa.

— O resultado está aqui comigo. Digo qual é ou preferem ver sozinhos, mais tarde?

Eu e Guto fizemos que sim ao mesmo tempo.

— Diga agora, doutor — respondeu ele.

Sentia um bolo na garganta. Seria ele meu pai? Dali a um instante, toda minha vida poderia estar mudada.

Eu ganharia um sobrenome. Mudaria para São Paulo. Conheceria pessoas novas.

Tia Paula segurou minha mão. A dela também estava fria. Guto mal podia falar de tanta impaciência enquanto o médico abria os envelopes. Demorou uma enormidade de tempo para falar. Impaciente, Guto tentou apressá-lo.

— Pode dizer, doutor.

O médico ainda conferia os resultados. Nessas ocasiões é que penso sobre o tempo. Um segundo, um minuto não são nada no dia a dia. Duram uma eternidade numa situação como aquela. Finalmente, um pouco constrangido, revelou.

— Os resultados dos exames não são compatíveis. O senhor não é o pai.

Foi um choque. Mesmo que no fundo eu tivesse uma intuição, não esperava uma resposta tão definitiva. Guto empalideceu. Agarrou a cadeira. Em seguida, levantou-se, muito educado.

— Eu agradeço, doutor.

Virou-se em nossa direção.

— Vamos?

No carro, de volta, não dissemos uma palavra. Entramos em casa. Tia Paula tinha comprado refrigerantes e um bolo da padaria, na esperança de comemorar. Quando tirou o bolo confeitado da geladeira, eu me senti mais triste ainda. Parecia fora de lugar.

Ficamos em silêncio, sentados, sob o efeito das palavras do médico. Tudo era muito definitivo. Finalmente, Guto abriu sua bolsa de couro, tirou três pacotes.

— Trouxe presentes. Deixei pra entregar depois do resultado porque tinha esperança de... não importa. Pra você, Daniel.

Meu primo abriu o presente. Eram dois brincos de argola, de ouro.

Daniel sorriu.

— É um presente trilegal, Guto. Mas não sei se vou ter coragem de furar as orelhas!

Minha tia recebeu uma corrente de ouro com medalha de Nossa Senhora Aparecida. Depois veio meu pacote. Era um conjunto de brincos e gargantilha com delicadas águas-marinhas. Eu nunca tinha ganhado um presente tão lindo. Minha voz embargou. Mal consegui agradecer.

— Muita generosidade, Guto.

Tia Paula abriu os refrigerantes. Cortou o bolo. Tinha jeito de festa de aniversário, só faltava cantar parabéns. Mas era uma comemoração às avessas. Não havia nada a ser festejado. Durante alguns minutos só ouvimos os garfinhos batendo nos pratinhos de louça. De repente, Guto botou seu prato na mesa com tanta força que quase o quebrou.

— Por que estamos com essa cara de velório?

Tia Paula deu de ombros.

— É que a gente tinha muita esperança no teste.

— Eu nunca liguei pro teste — lembrou ele. — Não são algumas palavras do médico que vão mudar minha cabeça.

Virou-se para mim.

— Meu convite continua de pé, Cibele. Se quiser mudar pra Sampa, vem morar na minha casa. Vai ter tratamento de filha, vai ser parte da família. Eu sei que está no meio do ano, mas podemos até pedir transferência da escola.

— Por que faria isso? — perguntou tia Paula.

Ele hesitou um instante. Seus olhos brilharam.

— Eu amei muito a Cléo, sua irmã. Eu sei que pra vocês ela pode ter parecido uma criatura estranha, uma *hippie* que não esquentava lugar. Mas vocês sempre viram sua vida de fora, como se fosse um filme. Eu não. Conheci a mãe da Cibele por dentro. Ela era... fascinante.

Começou a desfiar recordações.

— A gente se encontrou pela primeira vez numa festa na praia. Um luau. A Cléo dançava na areia, com uma saia rodada, perto da fogueira. Era noite de lua cheia e ela, ela parecia filha da lua! Tão linda! Eu me apaixonei no mesmo instante.

Meu coração bateu mais depressa. Até agora eu só ouvira minha tia e meus avós censurarem a vida de mamãe. Os jornais se referirem a ela como se fosse uma doida ou coisa pior. Pela primeira vez, alguém me falava dela de um jeito bonito.

Ele continuou a história.

— Já na primeira vez que vi a Cléo quis me aproximar! Mas ela logo foi embora. Demorei um tempo para encontrá-la de novo. Foi em outra festa. Uma noite inesquecível. Os pais de uns amigos cariocas tinham vendido um casarão enorme que ia ser derrubado para construírem um prédio. Fomos todos lá, os amigos, para uma festa final, à luz de vela. Havia uma mesa cheia de frutas no centro, muita batida, cerveja, tudo! Não precisávamos ter cuidado com nada, porque no dia seguinte iam começar a derrubada. A gente chamou a noite de "A grande festa da demolição".

Riu ao se lembrar:

— Nós é que ficamos demolidos. Eu dancei a noite toda. A música não parava! Foi uma loucura. E, de repente, estava dançando na frente dela. Não sabia de onde viera. Nem como tinha começado a dançar com ela. Mas a gente se movia no mesmo ritmo. Nunca tínhamos conversado e já nos entendíamos perfeitamente. Eu erguia um braço, ela fazia o movimento ao mesmo tempo, como um espelho. Era só olho no olho. Quando estava amanhecendo, fomos ver o nascer do sol na praia. Sentamos na areia, abraçados; enquanto o sol nascia, trocamos o primeiro beijo.

Fiquei paralisada de emoção. Era como se minha mãe estivesse viva na minha frente!

— Não nos largamos por um bom tempo. Ela pegou a mochila na casa de uma amiga e fomos para Visconde de Mauá, na serra carioca. Sem grana. Meu pai tinha alguma coisa, às vezes me mandava uns trocados pelo banco. O resto do tempo a gente se virava. Fazia artesanato, comia o que dava. A vida era simples. Mas tínhamos os banhos de rio. A lua! Já notaram que na cidade a gente não vê a lua tão bem nem as estrelas? Onde não há poluição, o céu brilha mais! A lua e as estrelas conversam com a gente! Muitas vezes eu penso: Que importa ter dinheiro no banco se perdi a lua e as estrelas? Se nunca mais vi um amanhecer? Nem um louva-a-deus agachado nem uma revoada de borboletas? Se nunca mais escorreguei numa cachoeira nem senti a água fria da montanha em torno de mim?

— Por que te separaste da minha mãe, se gostavas tanto dela?

— Eu não me separei — ele respondeu. — Quem partiu foi a Cléo. De repente. Fiquei muito magoado. Fui atrás dela no Rio de Janeiro. Mas já estava em outra. Conhecera o tal ator.

— Mas como pôde ter te abandonado se era um amor tão grande? — perguntei.

— Fiquei magoado por muito tempo! Durante anos, achei o que todos acham, o que os jornais falam. Que ela não tinha sentimentos, que andava de um lado pro outro e que trocava de amor como quem troca de sapato. Mas com o passar do tempo um homem aprende a ver a vida de um jeito diferente. Eu entendi.

Era tão emocionante ouvir aquelas palavras! Perguntei.

— Entendeu o quê?

Pela resposta, descobri que era um homem de grande sabedoria.

— A maior parte das pessoas — disse ele — é filha da terra. Quer se fixar num lugar. Construir seu pouso. Nunca mais sair, como as árvores não saem do chão. Tem gente que é filha da água, e entre elas há vários tipos. Algumas pessoas têm alma de lago, são profundas, mas na superfície parecem paradas.

Pensei que o Lucas era assim. Como um lago profundo.

— São pessoas com muito dentro de si, pessoas que oferecem tranquilidade. Outras são como riachos, dóceis, com um movimento delicado. A vida corre, e elas atravessam a paisagem, percorrem seu caminho. Muitas vezes são até egoístas, porque atravessam nossas vidas sem dar importância aos nossos sentimentos. Outras são gentis e oferecem o melhor de si, como um riacho pode fazer. Quem as procura encontra água pra saciar a sede, peixes pra matar a fome. Mas, depois, como a água correndo, seguem seu caminho e nos deixam pra trás. Outros filhos da água são como chuva e fazem nosso coração brotar. Ainda outros são como tempestades e agem com grande violência, muitas vezes sem se importar com quem está pela frente.

Entendi o que queria dizer. Mas quando ele ia chegar em mamãe?

— Muita gente é como fogo — ele continuou. — Tem uma chama interior que ilumina o que está em volta. Pessoas assim muitas vezes também agem por impulso, como uma vela que acende de repente. E queima.

Parecia que ele estava falando de mim. Quem sabe um dia seria como uma chama capaz de iluminar outra pessoa!

— Finalmente, muitas são como o vento. Ou como a brisa delicada que toca nossos rostos suavemente. Também como o vento mais forte, que passa pela gente, atravessa nossas roupas, envolve todo nosso corpo, mexe com toda a paisagem. Como o vento, que dá uma sensação tão boa, mas que não se pode pegar. Ninguém é dono do vento. Quando chega o momento, ele vai embora.

Eu já sabia o que ia dizer:

— Sua mãe, Cibele, era filha do vento. Foi o que entendi mais tarde. Ela passou por mim, tocou meu coração, mexeu com minha vida como o vento agita os cabelos, as roupas, as coisas em torno. Depois, foi embora, porque o vento é assim: segue! Ninguém é dono do vento. Eu não podia ser dono da sua mãe. Quando chegou a hora, ela partiu como o vento!

Estendi a mão. Toquei na dele.

— É muito bonito o que tu disseste. Eu pensava que a gargantilha era a coisa mais linda que tinha ganhado na vida. Mas não. Agora tu me deste um presente melhor. Tu me ensinaste a amar a memória da minha mãe!

# 6. A prova do DNA

Não era meu pai, mas deixou saudades. Apesar do resultado, Guto ainda ofereceu sua casa, sua família, seu apoio. Prometi passar uns dias em São Paulo, para conhecê-lo melhor. Sua atenção, seu carinho foram muito importantes quando tudo estava tão atribulado! Eu me senti especial! Estou certa de que seremos amigos por toda a vida! O sentimento não foi só meu. Tia Paula também ficou impressionada com sua bondade, seu desprendimento. Meu primo Daniel teve a mesma reação.

— É o cara mais legal que já conheci, tchê! — exclamou.

Tomou coragem e furou a orelha. Uma só, onde passou a usar o brinco presenteado por Guto. Passava horas e horas virando a argola, para o furo ficar bom...

Mas eu queria a verdade sobre meu pai.

Teria sido fácil aceitar a oferta de Guto, esquecer o pedido judicial do exame de DNA de Danilo Vaz. Mas se não soubesse a verdade sentiria sempre uma lacuna em minha vida. Contei tudo o que aconteceu para Lucas. Desde o rolo com Mateus, nós nos aproximamos muito. Eu fazia todo o esforço do mundo para não cruzar com o dedo-duro. Cada vez que olhava para ele, pensava: "Bah, como pude pensar em namorar um xucro como o Mateus?" Passei a perceber que ele jogava charme para todas as gurias. Em cada balada ficava com uma! Depois, chá de sumiço! A guria entrava numa noia, como eu fiquei. Achava que não era bonita o suficiente para merecer um guri como o Mateus! Percebi que eu também tinha a tendência a valorizar a aparência, sem conhecer melhor o rapaz!

Com Lucas era tudo o contrário. Antes eu não lhe dava nenhum valor! Achava que era *nerd*, que não tinha nada a ver. Quando fui chegando mais perto, descobri que a gente conversava e não parava mais. Fomos várias vezes ao *shopping* comer um xis ou tomar sorvete. A gente se acertava em tudo. Ele gostava de *catchup* como eu, mas não era fã de mostarda. Adorava churrasco, principalmente costela na brasa. Eu sou doida por costela. Digo francamente. Não tenho talento para ser vegetariana. Uma guria da classe é toda cuidadosa com comida. Nunca come carne, seja boi, porco, frango ou peixe. Vive à base de salada. Eu sou um tantinho mais gulosa. Gosto de alface, agrião, tomate, cebola. Mas um bom churrasco eu não dispenso. Inclusive com abacaxi no espeto. Quem não conhece não tem ideia de como é bom. Basta descascar o abacaxi, passar açúcar cristal ou mascavo e envolver em papel alumínio. Depois, é botar na grelha! Fica uma loucura para acompanhar o churrasco. Outra coisa que me deixa doida é pudim de leite. Pudim! Mais uma coisa em comum com o Lucas! Apesar de magrinho, era uma formiga!

A gente estava se falando muito. O Daniel e o Lucas se tornaram amigos. Ele passava em casa com frequência. Não sou muito boa em cálculos e ele me ajudou em uns lances de matemática. Eu falava sempre sobre o Guto. Achava lindo seu amor por minha mãe! Contei da oferta para eu morar em sua casa.

— Fiquei até com remorso — expliquei. — A tia vive com dificuldade. Se eu tivesse ido para São Paulo, seria uma despesa a menos.

O lábio de Lucas tremeu. Emocionou-se. Ficou quieto uns instantes. Depois disse:

— Eu não queria que você mudasse de cidade.

Percebi o que ele ia dizer, mas disfarcei. Não sou falsa. Sabia perfeitamente que ele estava querendo se declarar. Converso muito sobre esses assuntos com minhas amigas.

— Os homens gostam de achar que estão conquistando — explicou a Larissa, irmã da Martha.

A Larissa já tinha tido três namorados e estava de casamento marcado. Tinha mais experiência do que nós, as gurias. Nos aconselhou a nunca demonstrar interesse antes de o rapaz se declarar. Estava seguindo suas lições! Tinha começado a achar o Lucas bonitaço. Não que ele fosse realmente. Uma amiga que viu a gente saindo passear comentou:

— Não sei o que o Lucas tem pra te interessar tanto!

Mas eu já gostava do seu jeito de olhar, do sorriso.

Quando ele ficou contente porque não fui pra São Paulo, percebi exatamente o motivo. Mas perguntei, para ver se ele tomava coragem.

— Mas por que, Lucas, se era melhor pra mim?

Ele desviu os olhos, sem jeito.

— Ah, é que eu, eu gosto de ti aqui, perto de mim.

A gente estava na sala. O Daniel no quarto, enfiado no computador. Eu vi que o Lucas ia morrer de vergonha se eu não incentivasse! Era capaz de sair correndo. Então, respondi.

— Pois é. Eu também gostei de ter ficado. É bom ficar perto de ti.

Dica melhor eu não podia dar. "Mais que isso, ele vai pensar que sou atirada". Fiquei quieta. Ele abriu o livro.

— Ah, bom. Tem mais esse problema aqui, a gente já viu?

Que raiva! Eu dando a dica e ele sem jeito! Falou do livro, mas nem olhava a página! Aí pensei: "Se eu não fizer alguma coisa rápido, ele vai enfiar a cabeça dentro do colarinho da camisa!" Tomei coragem e botei minha mão em cima da dele. Foi enorme o susto do Lucas. Sua mão ficou paralisada. Era como se eu estivesse pegando um bife cru!

— Tua mão tá fria, Lucas!

Comecei a achar que aquela história de que os homens conquistam sempre era pura negação. Mas aí ele ergueu a cabeça com um sorriso sem jeito. Pôs a outra mão no meu ombro.

Bem, não posso garantir que ele puxou meu ombro. Mas agi como se ele estivesse puxando. Caí pra frente. Meu nariz quase encostou no dele. Só se fosse mesmo um desastre para não tomar uma iniciativa! Mas não foi! Aproximou os lábios e me beijou.

Foi um beijo rápido. Em seguida, nos beijamos mais longamente! Foi maravilhoso! Nada parecido com o beijo da balada, quando eu fiquei com o Mateus. Na balada, eram só dois lábios se unindo. Agora, era diferente. Havia carinho. Uma delicadeza que eu não conhecia. Quando paramos, vi que seus olhos estavam úmidos.

— Ainda bem que tu ficaste em Porto Alegre, Cibele. Eu acho que... Posso te fazer uma pergunta?

Ele ainda ia perguntar? Ah, como os guris são complicados. Sorri e disse:

— Claro, Lucas. Pode perguntar o que você quiser.

— Tu vais namorar comigo?

— Tu pensas que beijo qualquer um?

— Não fica brava.

— Não estou brava! Eu acho que já começamos, não?

Conversamos muito. Sobre as vezes que ele me olhava com sentimento, mas achava que eu gostava do Mateus.

— Acompanhei toda tua história pelos jornais, Cibele. Sobre ti e teu pai.

— Você acha, Lucas, que vou encontrar meu pai? Que se for o ator ele vai gostar de mim?

Lucas refletiu. Sempre foi assim, um tipo pensativo.

— Cibele, eu não quero te enganar com uma opinião falsa. Eu acho que se ele quisesse te conhecer como filha já tinha te procurado. Investigado a história. Feito o teste sem precisar de advogado no meio da história!

Murchei. Lucas me consolou.

— Cibele, nem todo mundo se dá bem com a família. Uma vez, conversando com meu pai, ele disse que nós temos duas famílias no mundo. Uma é aquela onde a gente nasce. Essa a gente não pode escolher. Mas há uma segunda família para todos nós. São os amigos que a gente escolhe. Quem se ama, também. Uma pessoa pode sofrer por ter nascido numa família onde falta amor. Mas pode compensar fazendo amigos que se tornam outra família! E também se apaixonando, casando.

— Bah, Lucas, somos muito novos pra falar em casamento. A gente mal se beijou!

— Sonhar não custa, Cibele. Mas eu falava do que o pai disse. Muitas vezes, quem não tem amor na família original também tem dificuldade de amar. Tens que lutar contra isso, Cibele. Se a falta de teu pai já te fez tanto mal, não deixes que te faça um mal maior!

Fiquei encantada. O Lucas, talvez por ler tanto, falava de um jeito muito bonito. Vi que ele ia ser mais que um namorado. E sim um companheiro para o que desse e viesse.

Com ele pude desabafar, falar dos meus sentimentos. A tia Paula me ouvia muito, é claro. Mas sempre queria aconselhar. Muitas amigas duvidavam da história de o meu pai ser o ator famoso. Achavam que era loucura da minha cabeça. O Lucas não. Desde aquele beijo, ele ficou cada vez mais perto de mim!

Bem que precisei de seu apoio! Passei por situações horríveis!

Depois do teste de DNA do Guto, que deu negativo, meu advogado resolveu voltar à carga. Havia conversado muito com nosso amigo promotor, que lhe dera muitos conselhos. Os dois concluíram que a história não podia esfriar! O tempo estava passando. O teste do Guto fora uma pausa, e por isso o doutor Élbio não encaminhara o pedido de exame do Danilo. Finalmente, entrou com um processo. Exigiu judicialmente o exame de DNA. O advogado do Danilo reagiu imediatamente. Ele alegava inocência, garantindo que sequer conhecera minha mãe!

— Tudo é um grande equívoco — declarou a uma revista.

Mas certas histórias provocam muito o interesse do público. Foi o caso da minha. As revistas e os jornais voltaram a noticiar. Semana sim, semana não, surgia uma nova reportagem, falando de mim como "suposta filha" e dele como "suposto pai". Novos detalhes da vida de minha mãe vieram à tona. Suas viagens, sua vida sem pouso. O Danilo não queria dar entrevistas. Nem eu. Os jornais e as revistas passaram a entrevistar antigos amigos de mamãe. As novas notícias, mesmo pintando mamãe como uma *hippie* sem juízo, ajudavam meu lado do processo. Ainda mais depois que uma revista publicou uma foto do Danilo bem novinho, cabeludo e com jeito de *hippie* também!

Não tínhamos dinheiro para uma grande investigação e encontrar testemunhas do passado. Ou investigar a vida anterior de meu "suposto pai", para descobrir se realmente vivera com mamãe. A imprensa fez isso por nós. Uma revista publicou todos os detalhes sobre a vida de minha mãe no Rio de Janeiro. Um fotógrafo descobriu o prédio onde Danilo morava na época do *show* de *rock*. O zelador ainda era o mesmo e lembrava de muita coisa.

— Antes de ficar famoso ele morava em um apartamento daqui, sim, com vários amigos.

— Era casado? — perguntou a repórter.

— Casado não, mas sabe como é, rapaz solteiro, o apartamento vivia cheio de garotas!

— Alguma passou uma temporada maior?

— Várias!

Não sei como, mas a repórter havia encontrado uma fotografia antiga de mamãe. (Às vezes, suspeito que teve dedo de tia Paula nessa história.) Mostrou ao porteiro.

— Se lembra dessa aqui?

— Não sei... faz muito tempo.

— Chamava-se Cleonice. Cléo. Essa é a mãe da garota que está processando o Danilo. Acha que ela pode ter morado com ele?

O porteiro ficou com mais vontade de falar.

— Certeza eu não tenho. Mas pode ser. Lembro de uma moça bem bonita, mais ou menos com essas feições, de óculos como ela.

Mas tanto podia ser mamãe como outra. Mesmo assim, meu advogado intimou o porteiro como testemunha no processo.

Surgiu também uma antiga amiga de mamãe, Raquel. Também vivera nas estradas, sem pouso. Mas havia fincado raízes! Estava casada, com filhos. Morava em São Paulo. Procurou uma revista espontaneamente. Tinha se transformado em uma dona de casa exemplar, dessas que acordam bem cedo para fazer o café da manhã do maridinho. Este era gerente de compras em um supermercado. Gostou de recordar os tempos de garotona.

— Eu e meu marido nos conhecemos numa praia na Bahia. A gente morava numa barraca, imagine! Quando fiquei grávida, resolvemos mudar de vida. Ele terminou a faculdade de administração, que tinha trancado, e fomos viver em São Paulo. Os primeiros tempos foram duríssimos, nem gosto de lembrar. Até vendi cosméticos de porta em porta. Mas depois ele se fixou nessa empresa, subiu, tivemos outros filhos. A vida segue.

Observei sua foto. Quem diria que aquela senhora de cabelos curtos, tingidos de loiro, um pouquinho fora do peso, fora *hippie*? Capaz de morar numa barraca de praia?

— Conheci bem a Cléo, na época do Rio de Janeiro. Ela morou algum tempo na casa do Danilo Vaz, sim. Eu lembro muito bem porque, quando ele ficou famoso, eu vivia mostrando a foto dele pra minha família e contando que namorou uma amiga minha!

Raquel também aceitou ser testemunha ao meu favor.

O único que preferiu ficar fora do processo foi Guto.

— Eu já me entristeci quando o teste de DNA deu negativo. Não queria entrar no meio desse processo. Nem conheci o ator com quem a Cléo foi morar quando me deixou, como posso dar depoimento? Se a Cibele precisar de mim, minhas portas continuam abertas.

— Que falta a do Guto, nem quis nos ajudar — comentou tia Paula.

Mas eu respeitei seus sentimentos!

O aparecimento de testemunhas em si não decidiria o processo. A paternidade seria confirmada ou não pelo DNA. Segundo explicou o advogado, porém, os depoimentos do porteiro e de Raquel seriam suficientes para convencer o juiz a pedir o exame.

— É uma prova de que tua mãe teve um relacionamento com o Danilo Vaz. Isso reforça a suposição de que ele possa ser teu pai.

Durante semanas me contive para não ter esperanças. Imaginava que logo teria uma resposta definitiva. Mas, novamente, sofri uma decepção.

— O Danilo entrou com uma defesa cheia de argumentos para não fazer o exame. A atual mulher dele declarou, inclusive, que isso está destruindo a família. É uma defesa forte, porque o casal tem um bebê, e o juiz não vai querer prejudicar a criança.

— Mas então ele não vai fazer o exame?

— Diante de todas nossas evidências, acho que o juiz vai pedir o exame, sem dúvida. Mas ele ainda pode se negar.

— Ele pode se recusar?

— Pode. Mas o juiz também pode achar que recusou por medo do resultado e determinar que ele é teu pai.

Gelei. Não era o que eu sonhava.

— Eu não quero um pai por decreto!

Tia Paula entrou na conversa.

— Cibele, ninguém pode obrigar o Danilo a fazer o exame se ele se recusar. É a lei.

— Quando a gente vai saber a resposta?

O doutor Élbio suspirou.

— Esse é o problema. O Danilo contratou um advogado muito importante do Rio de Janeiro para a defesa. É um homem com um escritório muito grande, com outros advogados. Certamente está pagando um dinheirão.

Sofri. Ele estava disposto a gastar uma fortuna para se livrar de mim!

O advogado continuou:

— Um processo pode demorar muito se o advogado pedir prazos, conseguir adiamentos. Mesmo que a gente ganhe em primeira instância, ele pode recorrer. E depois ir para o Supremo Tribunal Federal, onde haverá novo julgamento.

— Quanto tempo pode demorar? — perguntei.

— Muitos anos. Cinco, seis, depende muito do empenho da parte contrária.

Tia Paula se agitou na cadeira.

— É impossível esperar tanto tempo. Estamos vivendo com a corda no pescoço. Daqui a pouco vai chegar a hora da Cibele ir pra faculdade. Não vou ter dinheiro pra custear tudo! Se ao menos eu pudesse vender a casa! Mas ela também é herdeira. Como é menor, a autorização de venda também dependeria de uma ordem judicial!

— Eu sei das tuas dificuldades. Mas não podemos falar delas no processo de paternidade. Pelo menos por enquanto. Seria mostrar um interesse financeiro exagerado, e o juiz não iria gostar disso. Primeiro precisamos provar que ele é o pai. Depois, veremos a questão do dinheiro.

— Mas doutor, estou no mato sem cachorro.

— Vou tentar fazer o melhor possível! — respondeu o advogado. — Mas um processo demora! O acusado tem direito de se defender. Depois eu rebaterei os argumentos dele e assim por diante!

Quando voltamos para casa, tia Paula estava exausta. Na hora do jantar, resolveu conversar comigo e Daniel.

— Temos que pensar na vida — declarou. — Eu botava muita esperança no processo. Mas até agora só gastei dinheiro com ele. Pouco, mas gastei. E o pouco pra mim é muito! Tenho atrasado no emprego. Do meu lado não está fácil, não!

— Eu não queria ser um peso, tia.

— Deixa disso, Cibele, que pra mim és como filha! Mas temos muito que pensar. O doutor não há de trabalhar de graça por cinco, seis anos se demorar todo esse tempo.

— Mas ele combinou receber uma porcentagem da indenização! — lembrou Daniel.

— Se o processo durar muito, teremos que arcar com os gastos judiciais, no mínimo. Já gastei alguma coisa, tirei do pouco que tenho. E se tu perderes, Cibele, sabes que terás que pagar as custas do processo?

— Como assim, tia Paula?

— É a lei. Isso já me explicaram. Quem perde paga as custas. O Danilo poderá te acionar até pelo que gastou com o advogado dele. Eu terei que pagar também, porque tu és menor de idade e eu tua tutora. Nem vendendo a casa quitaremos a dívida.

Observei minha tia. Era óbvio que estava desanimada.

— Cibele, é melhor encararmos a realidade. Mesmo que proves que ele é teu pai, terás que abrir outro processo pra pedir a indenização.

— Como assim?

— Eu tenho falado muito com o advogado e também com o promotor nosso amigo, que foi noivo da tua mãe. Um é o processo de paternidade. Para ele te reconhecer como filha. Se fizer o exame e der positivo, tu terás direito ao sobrenome.

— E a chamá-lo de pai!

— Sim, se isso te faz tão feliz. Mas não resolve. Para que ele te assuma como filha, financeiramente, será outro processo.

— Mas eu não quero processar meu pai por dinheiro.

— Cibele, será que tu não entendes? Não haverá alternativa, porque ao final desse processo estaremos matando cachorro a grito. Se ganhares, não terás outra saída a não ser pedir uma ajuda de custo.

Silenciei. Tia Paula continuou.

— Meu dinheiro não chega mais. Vocês estão crescendo. Acho justo que queiram ir ao cinema, à balada, comer um xis na lanchonete. Mas sou funcionária pública. Meu salário não é alto, nunca foi. Enquanto os dois eram guris, era mais fácil. No ano que vem, já não tenho mais como manter a escola particular. Ainda estou usando um resto de economias do meu pai que estavam no meu nome no banco.

— O que vale é estudar — respondeu Daniel.

— É certo, filho. Tu e a Cibele já têm idade pra começar a trabalhar e no ano que vem podem arrumar um bico. Ao menos pra tirar o material escolar, os passeios, que a comida eu seguro. Nossa situação já não é fácil por si só. Mas se tivermos gastos com esse processo, Cibele, vamos pro buraco!

Senti uma pedra no estômago.

— Eu penso que devemos desistir do processo antes que as coisas se avolumem.

As lágrimas escorriam pelo meu rosto.

— Não será pra sempre, Cibele — ela garantiu. — Quando tu fores uma profissional, tiveres teu próprio dinheiro, poderás voltar à carga.

Abanei a cabeça com o coração apertado. Titia me abraçou.

— Nunca quis o dinheiro do teu pai, Cibele. A gente sempre lutou, eu, tu e teu primo. Vamos continuar lutando. O que tu queres, Cibele, é amor. Mas não é um exame de DNA que fará teu pai te amar! Eu tenho até medo que tu sofras mais, quando provares que esse ator famoso é teu pai. E se ele continuar sem interesse nenhum por ti? Eu penso que ele é um egoísta, Cibele!

Concordei, com o coração apertado. Apesar de todas as reportagens, meu "suposto pai" nunca fizera um gesto em minha direção. Pelo contrário. Era capaz de gastar rios de dinheiro com um advogado importante para se ver livre de mim.

— Eu não quero te prejudicar, tia. O que é meu tá guardado. Se quiser parar com o processo, eu faço de tudo pra me conformar.

Corri para o quarto e me tranquei. Mais tarde tia Paula bateu na porta. Entrou com um chá de hortelã bem quente. Eu adoro chá de hortelã. Tomei, com o nariz vermelho, os olhos inchados. Ela não disse mais nada. Que mais haveria para dizer? Só me abraçou bem forte e chorou junto comigo.

No dia seguinte, titia conseguiu marcar com nosso advogado depois do expediente.

— Já atrasei e faltei demais do trabalho, Cibele. Meu chefe anda de cara feia comigo! — explicou tia Paula.

Chegamos no final da tarde. A secretária estava saindo. Pediu que esperássemos. O doutor Élbio avisara que queria falar conosco, mas tinha outro cliente para atender. Tivemos que esperar um bom tempo na sala.

Meu estômago doía. Não sentia fome. Só um cansaço imenso, que tomava todo meu corpo. Queria deitar, dormir e acordar uma semana depois. Finalmente, o cliente — um homem de terno e gravata escuros, bem sério — saiu. O doutor Élbio sorriu da porta.

— Perdão pela demora!

Indicou os lugares. Sentamos.

— Temos muito que conversar! — disse tia Paula.

— Claro que sim. Mais que nunca! — ele respondeu.

— Eu sei que o doutor vai achar uma novidade muito grande, mas...

— Claro que é uma novidade! — sorriu ele, entusiasmado. — Mas é o melhor!

Que dor no coração! Minha última esperança desapareceu. Ainda pensava que o doutor pudesse convencer tia Paula a continuar com o processo. Mas não!

— Então o senhor já sabe! — surpreendeu-se titia.

— Claro que sei. Um bom advogado tem que estar informado de tudo.

— Espero que o senhor não fique triste.

— Com o fim do processo? Mas é justamente o que eu queria!

"Que cínico!" — pensei. "Todo esse tempo só queria se livrar da gente!" Tia Paula deve ter pensado a mesma coisa. Levantou-se. Fiz o mesmo. Era melhor deixar aquele escritório imediatamente.

— Se tiver alguma despesa pendente, nos envie. Eu farei o possível para pagar — afirmou titia com dignidade.

Admirei sua coragem. Certamente, tia Paula não saberia de onde tirar o dinheiro se chegasse alguma cobrança!

O doutor arregalou os olhos. Ela continuou.

— Agradeço muito por tudo. Até qualquer hora.

Fomos as duas para a porta, de cabeça erguida e coração apertado. O advogado deu um pulo da poltrona e correu até nós.

— Esperem, por que estão indo embora?

— Não vamos mais tomar seu tempo, doutor Élbio — continuou titia.

— Mas temos que conversar!

— O senhor vai cobrar as despesas agora? — arrisquei, assustada.

— Que despesas? Não estão falando coisa com coisa!

Ergui o queixo, furiosa. Ainda queria caçoar da gente?

— O senhor sabe perfeitamente que decidimos parar o processo. Até concordou que é melhor! Estou muito triste com essa decisão, doutor, porque queria conhecer meu pai. Mas titia me convenceu. Só que eu esperava no mínimo um pouco de amizade, quem sabe até um abraço, o senhor que sempre se fez de amigo!

Ele ficou paralisado. Abri a porta. Ele foi até ela e fechou.

— Calma! Ainda não entendi por que estás brava comigo. Que história é essa de parar o processo?

— Não temos como ir adiante — explicou titia.

— O senhor disse que pode demorar anos até o Danilo Vaz ser obrigado a fazer o exame de DNA. Podem surgir despesas, e penso também no estado emocional da Cibele. Como suportar essa briga tanto tempo? Se eu, que sou adulta, já estou sofrendo por ela.

— Dona Paula, Cibele, esperem! — pediu o doutor, apontando as cadeiras.

Hesitamos. Mas titia sentou, por educação, e eu a acompanhei.

— As duas falavam de uma coisa e eu de outra. Achei que já sabiam, porque notícias de gente famosa correm depressa. Já deve estar até na internet.

— O senhor não sabe que eu trabalho, doutor? Não posso passar o dia na internet.

Ele me olhou.

— Fui pra escola cedo, depois dei uma volta com o meu... com o Lucas. Eu estava muito triste. Depois fui pra casa. O Daniel foi fazer um trabalho em grupo. Fiz uma omelete e não consegui engolir. Só pensava que ia desistir do processo.

— Então as duas não sabem! — admirou-se o advogado.

— Saber do quê, doutor? — perguntei.

Ele deu um sorriso vitorioso.

— O Danilo Vaz, teu suposto pai, aceitou fazer o exame de DNA. De livre e espontânea vontade, sem processo. Seu advogado também já me comunicou que, se o resultado for positivo, está disposto a oferecer uma compensação financeira por tudo o que você passou.

Perdi a voz. O advogado continuou:

— Por isso disse que o processo vai parar. Não há mais necessidade de luta judicial! Ele vai fazer o exame. Se a paternidade for confirmada, está disposto a fazer um acordo! Entendeu, Cibele!? Se tudo der certo, vais receber um dinheirão!

# 7. Olho no olho

Minha esperança renasceu!

Danilo Vaz mudara de atitude! Estava disposto a fazer o teste! Eu não cabia em mim de contente. Comentei com tia Paula:

— Quem sabe o doutor Élbio fala com o advogado dele, pra gente trocar de telefone. Estou doida pra falar com meu pai!

Estranhei sua reação. Não parecia nem um pouco entusiasmada.

— É melhor ires com calma, Cibele, senão acabas por cair do cavalo!

Mais tarde, quando ela foi dormir, desabafei com Daniel.

— Agora que tudo está dando certo, tua mãe fica que é uma negação!

Daniel virou o brinquinho, pensativo. Andava cheio de planos, meu primo. Queria começar a trabalhar em um restaurante, já que pretendia estudar gastronomia. O pai de um amigo era dono de um. Já prometera! Quando entrasse na faculdade, Daniel poderia começar como ajudante de cozinha.

— É bom! Assim aprendo tudo e mais um pouco! — festejava meu primo.

— Daniel, para de falar só dos teus planos! Eu queria saber por que tua mãe anda com cara de tacho!

— Não sei, Cibele. Que a mãe anda estranha, eu não nego! Bah! Ela deveria comemorar por ti!

Dali a dois dias, o doutor Ferraz veio nos fazer uma visita. Era um bom amigo, e me queria bem. Depois de mamãe ter rompido com ele à beira do casamento, podia ter se afastado. Todo mundo compreenderia. Mas continuara a ser amigo de meus avós. Sempre dera conselhos a titia. Fizera a ponte com o doutor Élbio. Mas não costumava vir em casa sem motivo. Logo percebi que teríamos uma conversa importante! Tia Paula ofereceu uma bebida, mas ele só aceitou refrigerante.

— Vim para falar contigo, Cibele. Tua tia me contou que estás muito entusiasmada com a atitude do Danilo Vaz.

— E não era pra estar, doutor? Quando eu já estava pronta pra desistir, ele aceitou fazer o teste sem processo.

— O caso é que ele não sabia que estavas prestes a abandonar a causa.

— Mas isso não muda nada!

Tia Paula comentou:

— Muda, sim. Pensei muito em tudo isso. Pedi para o doutor, que é uma autoridade, falar contigo, Cibele. Ele concorda com minha opinião. Quem sabe com ele explicando acreditarás de vez!

Algo de inesperado estava acontecendo!

— Do que se trata, afinal?

— Como promotor, já vi muitos casos, Cibele. E também consigo formar minha opinião depressa. Ouço uma coisa aqui e outra ali e logo tenho uma ideia do que está acontecendo — explicou o doutor. — Aquele outro rapaz, o Guto, que pensava ser teu pai, veio para cá de coração aberto. Quis fazer o teste por ele mesmo. Ofereceu sua casa para tu viveres. Mostrou interesse por tua vida, por tua felicidade.

— Eu sei, mas eu acho que agora meu "suposto pai", como vocês dizem, mudou, não foi? Também resolveu fazer o teste de DNA, pra confirmar se é meu pai!

— Por interesse, Cibele.

— Interesse no quê, se não tenho nada que oferecer?

Com paciência, o doutor Ferraz explicou. Os jornais e as revistas estavam censurando demais a atitude do Danilo Vaz. Diziam que ele era um homem duro, que nem queria reconhecer uma filha. Cobravam sua responsabilidade.

— Tens que entender, Cibele, que se trata de um homem famoso. A imagem pública é tudo para ele. Como vai fazer o galã das novelas se o público estiver com raiva porque ele não quer te reconhecer?

Levei um choque. Ele continuou:

— Averiguei. Parece que até perdeu uma grande campanha de publicidade, onde ia ganhar uma fortuna. Era uma propaganda de fraldas. Ele ia aparecer trocando fraldas, como um bom pai. A empresa fabricante desistiu por conta das reportagens. Como pode aparecer na televisão como um bom pai se rejeitou a própria filha?

Emudeci. O doutor Ferraz concluiu:

— Sei de tudo. O pessoal que trabalha com ele aconselhou a parar com o processo, para evitar que os jornais e as revistas continuem a falar no assunto. Decidiu fazer o exame, te reconhecer, se for o caso. Pagar uma pensão, um dinheiro. Mas não pense que é por amor, Cibele. É pela carreira.

Explodi:

— É por interesse, não é? Ele só não quer que eu prejudique a vida dele! Tia, vamos parar com o processo agora mesmo.

Tia Paula foi firme.

— Não, porque depois vais te arrepender. Tens que saber se ele é teu pai legítimo ou não. Agora os dois farão os exames. Saberás a verdade. Só não quero que tenhas esperanças de amor, de carinho, que isso ele não quer te oferecer! Tu te imaginas ter um pai. Mas pra ele é um negócio, Cibele. Só um negócio.

Corri para o quarto. Atirei-me na cama chorando. Era um horror ser tão rejeitada! Ele não tinha um tiquinho de amor para me oferecer!

— Do que adianta poder chamá-lo de pai, se pai ele nunca vai ser?

Se eu pudesse, tinha arrancado a palavra pai de dentro da minha cabeça! Nos dias seguintes, insisti para desistirmos de tudo. Tia Paula foi firme. Recusou-se.

— Já perdi dias de trabalho, fiquei frouxa dos nervos de tanta preocupação por ti! Agora nem que não queiras, Cibele, como tua tutora eu vou em frente.

Tive que aceitar sua decisão. Mas cada vez que ouvia o nome de Danilo Vaz sentia um nó na garganta!

Os advogados de cada lado combinaram fazer os testes em dois laboratórios diferentes. Pagos pelo próprio Danilo. Um em Porto Alegre, outro no Rio de Janeiro. Colheram meu sangue e enviaram para lá. Uma amostra do dele veio para o Rio Grande do Sul. Os testes foram realizados praticamente ao mesmo tempo.

Durante a espera, eu desabafava com o Lucas todos os dias.

— Tomara que dê negativo. Não quero um ator famoso como pai. Eu preferia um homem comum, que gostasse de mim.

— Nem tudo está perdido, Cibele.

— Como não está, se ele só quer saber da carreira? Eu fui um acidente na vida do meu pai. Agora sou uma pedra, que está atrapalhando os papéis na novela, os contratos de publicidade. A imagem diante dos fãs! E eu, será que ele não pensa que tenho sentimentos?

Lucas me abraçava. Era bom ter o apoio de alguém que realmente gostava de mim!

Dali a alguns dias, nosso advogado nos chamou para uma reunião. Com certeza para dar a resposta.

— Vai acabar o martírio — disse titia.

— Se der positivo, acaba teu sofrimento e começa o meu, tia. Nada mais triste do que ter um pai que não quer saber de mim.

Daniel e Lucas me acompanharam até a porta do escritório. Titia esperava por mim, após seu dia de trabalho. Antes de eu entrar, Lucas me pediu:

— Cibele, quero que depois da resposta venhas me encontrar no *shopping*. Tenho muito para te dizer.

— Mas tia Paula...

— Eu seguro — disse Daniel. — Digo que vou contigo. Andei falando com o Lucas, acho que é importante que tenhas uma conversa com ele.

Se eu não estivesse tão nervosa com o resultado, teria achado a conversa muito esquisita. Mas nem dei atenção. Entrei no escritório com Daniel. Titia nos esperava. Pelo sorriso do doutor Élbio, já adivinhei o resultado.

— Positivo, Cibele! O teu DNA é absolutamente compatível com o dele! Sem sombra de dúvida, ele é teu pai biológico!

Estendeu o papel para nós. Eu nem consegui enxergar. Nem sentia alegria alguma. Compatível era mais uma palavra oca. Sonhara tanto com aquele momento, e agora minha boca tinha gosto de guarda-chuva.

O advogado esfregava as mãos.

— Já falei com o representante dele. Vai fazer uma proposta de pensão alimentícia. Mas acho justo lutar por uma indenização pelos tempos que não cuidou de você.

Tia Paula se virou para mim.

— Bota um sorriso no rosto, guria! Não querias tanto ter um pai? Pois agora tens, e um pai rico e famoso!

O doutor Élbio falava sem parar.

— Ele já disse que está disposto a um acordo. Acho o melhor. Já investiguei. Teu pai, o Danilo Vaz, é dono de uma empresa de eventos. Todo trabalho artístico que faz é terceirizado. Mesmo com a televisão, não tem carteira assinada. Se quiser ocultar a renda, será fácil.

— Ocultar a renda pra quê, doutor? — ainda perguntei.

— Ora, pra te dar menos a que tens direito.

Era um horror ouvir aquilo tudo. Ainda por cima, meu pai seria capaz de esconder o que tinha!

— Bah! Não te preocupes, que hei de apertar o parafuso! — avisou o advogado. — Faremos um acordo, mas estejas certa de que será o melhor para ti.

Suspirei fundo.

— Estou tonta, quero tomar ar.

Tia Paula me abraçou.

— Nós aqui falando de dinheiro e a coitada da Cibele vivendo essa emoção! É melhor irmos, doutor. A gente conversa depois.

— Melhor definirmos nossa posição agora, dona Paula. Vamos agir enquanto ele está de peito aberto, disposto a negociar.

Daniel sorriu. Como sempre foi esperto, meu primo!

— Eu levo a Cibele tomar um sorvete. Tu ficas discutindo com o advogado, mamãe.

Todos concordaram.

— Sim, Cibele, toma um sorvete, relaxa. Estás pálida.

Saí com Daniel. Fomos até um *shopping* de que eu gosto muito, o Moinho dos Ventos. Lucas me esperava na praça de alimentação.

— Está entregue — disse Daniel. — Mas nada de demora! Minha mãe me come o fígado se quando voltar pra casa tu não estiveres por lá.

Daniel se foi. Lucas me olhou fundo.

— Deu positivo, não deu?

— Foi, Lucas. Ele é meu pai. Mas será pai só no papel. Nos negócios.

Segurei as lágrimas para não chorar no *shopping*.

— Ninguém entendeu até agora. Acham que corri atrás de um pai rico e famoso por conta do dinheiro dele. Mas não. Eu queria ter um pai, fosse quem fosse.

— Eu sempre entendi o que está no teu coração, Cibele — disse Lucas. — Por isso queria conversar contigo.

— Conversar o quê, Lucas?

— Tive uma ideia. Não sei se inspirada em algum livro que li. Mas tu tens que ter coragem, se o dinheiro não te importa.

— Como assim?

— Eu tenho um plano.

Ergui a cabeça. Um plano! Mas para um plano?

Lucas começou a explicar. Conforme falava, comecei a me sentir melhor. Quando ele terminou, já tomara minha decisão. Meu pai havia de saber quem eu era!

...

No dia seguinte, tia Paula me deu os detalhes da conversa.

— Não terás que sofrer mais, Cibele. Os advogados vão resolver tudo entre si pelo telefone, pelo computador. Ao final, o advogado do teu pai virá pra cá pra acertar os detalhes e assinarmos os papéis. Eu assinarei por ti, como tua tutora. Não terás que pensar mais nesse assunto.

— Não aceito, titia.

— Tu não tens que aceitar ou não, Cibele. Decidimos o melhor pra ti.

— Tenho o direito de ver meu pai frente a frente.

— Mas se ele não quer te ver, Cibele? Que teimosia é essa agora? Tens que pensar que tenho experiência de vida, o doutor Élbio também. Sabemos o que é melhor pra ti.

— Tia Paula, dúvidas sobre teu amor por mim nunca tive. Mas eu tenho vontade de ver meu pai nem que seja uma única vez.

— Só sofrerás, Cibele. Ele não te quer!

— Mesmo assim. Senão... senão eu digo para os jornais e as revistas que tudo é um acordo, que ele não quer me ver, faço um barulho. Procuro até aquele tinhoso do Mateus pra ele falar com a irmã e dar notícias.

— Se fizeres escândalo, eles podem desistir da negociação.

— É minha exigência, tia. Ver meu pai frente a frente, só essa vez. Se ele vier, se fizer o negócio frente a frente comigo, juro que o deixo tranquilo. Pode dizer ao advogado dele, a quem for preciso. Depois desse encontro, nunca mais!

Tia Paula telefonou. Nosso advogado ficou em dúvida. Ligou para o dele. A resposta veio mais rápida do que eu esperava. Danilo Vaz, meu pai biológico, aceitava o encontro. Desde que, depois, no próprio escritório, eu tirasse fotos abraçada com ele, para distribuir à imprensa. Queria mostrar que assumira a filha. Ainda por cima, pretendia me usar para fazer propaganda de seu bom coração!

Rangia meus dentes de raiva, mas disfarcei. Eu já disse. Sou boa, delicada. Choro fácil. Mas quando a raiva é grande as lágrimas secam. Ele já me magoara demais. Agora seria minha vez de dar o troco!

O encontro foi marcado para dali a uma semana. Com cuidado, conversei com tia Paula, para dar seguimento ao plano.

— Já que não é pra termos nenhum contato, eu acho melhor desistir da pensão, tia. Veja bem, pelo que eu sei, ele só teria obrigação de me sustentar até a maioridade. O melhor é um acordo com valor único.

— Quem sabe compramos um apartamento, alugamos e o aluguel te ajudará a estudar, Cibele? Estás demonstrando inteligência. Agora, no auge do escândalo, ele está disposto a tudo. Depois, pode dar o calote, e terás outro processo a enfrentar.

Novamente, titia conversou com o advogado. Ele também concordava com a solução. Em poucos anos eu prestaria vestibular. Seria maior de idade.

— Se ele não quer vínculos, melhor botar um ponto final — concordou o doutor Élbio.

Enquanto isso, meu pai se esbaldava. Deu várias entrevistas em jornais, revistas e programas de televisão. Tudo na falsidade. Disse o quanto estava feliz por ter me encontrado. Esclareceu que teve dúvidas no começo, pois já fora vítima de ameaças e chantagens sem sentido. Mas que, ao ver minha foto, não teve dúvidas.

— Descobri que era da minha família!

Lembrei com tristeza do encontro no *shopping*. Nem tinha olhado para meu rosto. Nas entrevistas, ele ia fundo:

— Só penso no abraço que vamos nos dar, depois de tanto tempo afastados!

Já estava preparando o terreno para as fotos! Como era possível esperar tanto por um pai e dar de frente com um mau-caráter?

— Talvez ele não seja tão ruim como pensas — disse Lucas. — Não te esqueças de que um homem famoso está sempre cercado de agentes, assessores, todos buzinando na orelha dele. E se o gajo não tem muita firmeza nos seus sentimentos acaba agindo com a cabeça dos outros.

— Pior ainda! — retruquei.

Eu me preparei para o dia. Na noite anterior, lavei os cabelos. Escovei. Lavei e passei meu *jeans* mais novo. No dia, botei a camiseta azul que ficava bem com meus olhos e o brinco de água-marinha que Guto me dera.

— Estás toda embonecada! — disse Daniel.

Tia Paula pediu licença do trabalho. Depois do almoço, foi se arrumar. Eu já estava pronta desde muito tempo. Torcia as mãos de nervosa. A reunião seria às quatro da tarde. Lucas chegou em casa às duas. Daniel — sempre o bom camarada — nos deixou sozinhos na sala.

— Vim ver se estás bem — disse Lucas.

— Bem, bem eu não posso estar. Mas sinto firmeza.

Lucas enfiou a mão no bolso. Tirou um pacotinho.

— Trouxe pra ti!

Abri. Era um sapinho verde, tão pequenininho que cabia no bolso.

— Dizem que os sapos dão sorte — ele explicou.

— Quem sabe.

— Já fico feliz por tua preocupação, Lucas.

— Olha, eu sei que tivestes muitas expectativas em conhecer teu pai. Mas cada um é cada um. Pensa que tu tens um futuro. E que não estás sozinha. Eu... eu te amo, Cibele.

Meus olhos umedeceram. Sou mesmo uma manteiga derretida.

— Lucas, nem sei como teria suportado tudo isso sem teu apoio. Tu és muito importante... e eu... eu sinto o mesmo por ti.

Lucas me abraçou. Nos beijamos, com muito carinho.

Em seguida, se despediu. Combinamos de nos ver mais tarde, para eu contar tudo o que acontecera.

— Não te esqueças. Se estiveres alegre, estarei esperando por ti. Se estiveres triste, também.

Quando ele se foi, eu me senti mais animada. Meu pai não me queria. Mas eu já não me sentia mais sozinha!

Pouco depois, partimos. Tia Paula fez uma extravagância. Fomos eu, ela e Daniel de táxi. Descemos na porta do prédio do advogado. Torci para não encontrar meu pai no elevador. Chegamos vinte minutos antes, mas entramos imediatamente. O doutor Élbio estava nervoso.

— Não é todo dia que resolvo uma grande causa.

Explicou que não era pela parte em dinheiro que ganharia no acordo.

— O caso teve muita repercussão. Apareceram muitos clientes novos. Agora, que vencemos, o escritório vai explodir de tantas causas.

Parecia que todo mundo estava tirando vantagem do meu caso. Menos eu!

Dali a pouco o telefone tocou.

— Algum problema? — quis saber titia.

— Não. O avião atrasou um pouco, mas eles já chegaram ao hotel para deixar as malas. Estão a caminho.

Meu coração disparou. Foi a meia hora mais difícil da minha vida. Os minutos não passavam. Tentamos falar do tempo, do trânsito na hora do *rush*, mas a conversa não ia adiante. Finalmente, todos nós, eu, titia, o advogado e Daniel, ficamos em absoluto silêncio. Até que a secretária deu uma batida na porta e anunciou.

— Eles chegaram.

— Peça para entrarem.

Meu pai entrou em primeiro lugar. Era ainda mais bonito do que me lembrava. Alto, moreno. Magro, com o corpo bem desenhado. Vestia *jeans*, camiseta. Estava de óculos escuros e tinha um boné com a aba virada para trás, como um guri. Parecia muito mais jovem do que era de verdade. Só não trazia o sorriso no rosto. Estava sério. Atrás dele vinha um homem baixo e gordo, também de óculos. E por último a agente que tentara fazer o acordo da primeira vez. Pensei amargamente que, depois de tanto tempo, voltáramos à mesma situação. Tudo ia se resumir a um acordo financeiro!

Meu pai sentou-se do outro lado da mesa de reuniões. Tirou os óculos e me olhou. Não tinha expressão alguma. Nem de surpresa nem de alegria. Eu, ao contrário, me sentia sufocada. Ainda tive a esperança de que tudo pudesse ser diferente. Mas então seu advogado começou a falar.

— Viemos aqui, como foi pedido. O melhor é resolvermos tudo. Já tivemos muita dificuldade para esconder a viagem da imprensa. Queremos evitar novos escândalos.

— Trouxe a máquina para as fotos — disse a agente. — Depois de tudo assinado, vocês posam. Vamos ver se conseguem sorrir um pouco, para dar a impressão de alegria! Vou mandar a assessoria distribuir as fotos. O Danilo dará algumas entrevistas.

— Mas não queremos que a garota fale com a imprensa outra vez ou faça qualquer tipo de queixa — insistiu o advogado. — Deixei tudo claro no contrato. Tem a minuta, doutor?

— Tenho — disse meu advogado. — Já li tudo. A Cibele, a tia e o primo concordam em colocar uma pedra sobre toda a história.

— Claro que o acordo também depende de que vocês mantenham a palavra. Obviamente, seria impossível impedi-las que recomeçassem o processo, alegando qualquer outro motivo. Mas, depois de hoje, não vamos mudar de posição — explicou o advogado do meu pai. — Coloquei um adendo onde a senhora, dona Paula, como tutora, se responsabiliza por tudo. Se houver novo escândalo, estamos dispostos a iniciar um processo por calúnia e difamação.

Cada palavra me doía muito! Respirei fundo.

— Preciso falar uma coisa. Pedi pro meu pai vir até aqui por um motivo. Quero descobrir por que ele não quer saber de mim.

— Cibele — insistiu meu advogado. — Não viemos pra lavar a roupa suja. Mas pra assinar um acordo financeiro. Receberemos a indenização e não se fala mais nisso. Pra que insistir se o assunto te machuca, que eu sei?

— Mas vamos, a guria tem o direito de ouvir uma palavra do pai — disse titia. — Já concordamos em colocar uma pedra sobre tudo isso. Provavelmente, nunca mais vão se ver pessoalmente. Custa falar com tua filha, Danilo Vaz? Ou és tão famoso que não tens voz para falares com os pobres?

— Ou tens dúvida de que a Cibele seja realmente tua filha? Apesar do teste? — insistiu Daniel.

Meu pai me olhou atentamente. Antes que seu advogado e a agente falassem, fez um gesto. Resolveu ser franco.

— Melhor falar tudo agora e botar os pingos nos is. Eu não tenho dúvida de que sou pai biológico da garota. Tem meu sangue, com certeza. Os olhos são semelhantes aos meus. A curva do queixo e a boca lembram minha mãe. Eu já sabia disso quando vi as primeiras fotos, mesmo com a tarja preta.

— Então por que essa falta de interesse por mim? — não resisti a perguntar.

— Porque eu penso que a vida de uma família se faz com a convivência. Para mim, você é uma desconhecida. Desculpe por falar dessa maneira, mas é meu jeito de ser. Você nasceu sem eu saber, foi criada longe de mim. É uma estranha. Amor não surge por obrigação. Por processo judicial. Eu tenho minha mulher, que já sofreu muito com essa história. Meu filho. E, para mim, ele é único.

As lágrimas queriam brotar, mas eu segurei.

— Só por questão genética você tem os traços da minha família, mas de fato da minha família não é. Acha que sou seu pai, mas também sou um estranho. Desculpe a franqueza, mas não é um exame de sangue que vai me fazer gostar de você.

Fiquei quieta.

— Era melhor não teres ouvido nada disso, Cibele — murmurou titia.

— Eu já sabia. Só queria ouvir com as palavras de meu pai — respondi.

Havia uma sensação de desconforto na sala. A agente se remexeu na cadeira. O advogado de meu pai tossiu. O meu nem conseguia falar. Era um homem bem-casado, com mulher e filhos. Decerto não entendia tanta falta de sentimento. Mas eu continuava firme com meu plano.

— Melhor assinarmos o acordo. Tudo já está combinado, até a quantia. Vamos finalizar — propôs o doutor Élbio.

O advogado de meu pai abriu uma pasta. Tirou três cópias do contrato. Doutor Élbio leu cuidadosamente.

— Está tudo como combinado. Vamos assinar.

Entregou as cópias para titia, que rubricou todas as páginas e assinou como minha tutora. Em seguida, foi a vez de meu pai, que fez o mesmo, após ler um ou outro pedaço, para se certificar de que não havia mudanças. Os advogados também assinaram. A agente e a secretária foram testemunhas.

— Falta o cheque — disse meu advogado.

A agente abriu uma outra pasta. Entregou um talão ao meu pai.

Ele escreveu a quantia cuidadosamente. Assinou. Destacou a folha.

Quando ia entregar para meu advogado, estiquei o braço.

— É a única coisa que vou receber do meu pai. Quero pegar na mão!

Todos hesitaram. Não esperavam minha atitude. Meu pai ficou com o braço erguido. Foi a conta. Debrucei-me sobre a mesa e peguei o cheque.

— Cuidado, Cibele, é muito dinheiro! — avisou titia.

Vi a quantia. Valia um bom apartamento. Era o preço por todos os anos de abandono e por todo o futuro.

Então, dei voz ao meu plano. Levantei-me, com o cheque na mão. Percebi que todos estavam admirados. Teria que ser rápida. Falei tudo o que estava na minha cabeça.

— Eu queria um pai. Desde pequena, minhas amigas diziam a palavra pai. Eu nunca. Cresci, com meu coração sufocado de vontade de dizer: pai. Foi por isso que fui atrás de ti. Porque essa palavra gritava dentro de mim. Veio o escândalo, que nunca quis provocar. Fizemos o teste. E agora eu sei que tenho teu sangue. Mas também sei que sou um entrave na tua vida. Um acidente, como já soube que disse. E então, que significado tem a palavra pai? Nenhum.

Meu pai ia falar alguma coisa. Chegou a abrir a boca, mas fechou, pensativo.

— Cada palavra quer dizer alguma coisa. Quando eu falo colher, eu sei o que é. Existem colheres de tipos diferentes. Mas todas são colheres. Achei que quando meu pai soubesse de mim teria algum sentimento, porque, como uma colher é uma colher, um pai devia ser um pai. Mas não. Tu és meu pai. O teste diz que sim. Mas agora sei que a palavra pai não é como colher. Porque quando se fala em pai pode haver um sentimento. Mas também pode não haver. A palavra pai pode ser oca!

Ergui o cheque. Percebi de relance os olhos arregalados de titia e o sorriso de Daniel.

— Não era o dinheiro que eu queria. Nunca foi. Eu queria dizer pai, com todo o sentimento que há por trás dessa palavra. Pai! E se não posso ter um pai engole teu dinheiro. Engole o acordo. Não te preocupes, que nunca mais hás de ouvir falar de mim.

Com as mãos no alto para ninguém me impedir, rasguei o cheque em pedacinhos. Ouvi um gemido de titia e um maior de meu advogado. Atirei tudo para o alto.

— Toma! Isso é o que penso do teu dinheiro. É o que penso de ti como pai!

E saí correndo porta afora. Nem esperei o elevador. Desci como louca os quatro andares das escadas. Depois enfrentaria titia. Estava disposta a, quando fosse maior, dar minha parte da casa para ela para compensar um pouco do dinheiro perdido. Trabalharia como uma burra de carga!

Mas eu não iria vender meu sentimento!

Saí na calçada. Disparei apressada.

Depois de todos aqueles meses de tensão, sentia meu coração mais leve!

# 8. A voz do coração

Já chegava na esquina, quando ouvi passos atrás de mim. Seria Daniel? Ou Lucas, que teria ido me esperar? Uma voz de homem gritou.

— Espera, Cibele! Espera!

Parei surpresa. Eu conhecia aquela voz! Virei-me em sua direção.

Era ele, meu pai.

— Quero falar com você.

— Mas não tenho mais nada pra te dizer.

Ele fez sinal para um táxi, que parou imediatamente.

— Entra aí.

— Não entro.

— Deixa de ser teimosa e entra. Não posso ficar aqui parado.

De fato, duas gurias vinham correndo.

— É o Danilo Vaz!

— Dá um autógrafo.

— Depois! — ele disse, me empurrando para dentro do carro.

Encostada na porta, ainda disse:

— O que tu queres comigo?

— A gente se fala no hotel. Lá tem uma boa cafeteria.

Deu o nome para o motorista. Estava no Sheraton! Rodamos alguns quarteirões em silêncio, olhando desconfiados um para o outro. Eu me sentia péssima. Será que iria ouvir outra ladainha? Iria continuar me desprezando? Brigar comigo pelo que eu dissera? Mas se ele pensava que iria pisar em mim estava muito enganado. Estava disposta a responder. Iria ficar doida, subir na mesa, quebrar tudo!

O táxi parou. Ele pagou rapidamente. Entramos no hotel. No saguão, uma fã veio correndo.

— Danilo Vaz! Adoro suas novelas. Posso tirar uma foto com você?

— Depois. Agora tenho um assunto urgente.

Com a mão no meu cotovelo, me levou até a cafeteria. Eu andava apressada. Minha raiva crescia. O que mais teria que ouvir naquela tarde?

Sentamos.

— O que você quer?

— Nada — respondi emburrada.

— Não vamos ficar sentados aqui sem comer nada. Um sanduíche?

— Um sorvete.

Ele concordou.

— Também adoro sorvete no frio.

O garçom aproximou-se. Já que ele iria pagar, pedi o que eu mais gostava. É um que eu adoro.

— Quero um *sundae* de morango com coco com bastante calda de chocolate.

— Não temos *sundae* — respondeu o garçom.

Danilo tirou o boné, para ser inteiramente reconhecido.

— Qualquer lugar que tenha sorvete pode montar um *sundae*. Quer que eu dê a receita?

— Vou falar com o gerente.

Dali a pouco o garçom voltou.

— Como é para o senhor, vamos fazer. São dois?

— Dois de morango com coco e com bastante calda de chocolate — ele insistiu.

Explicou, quando o garçom foi fazer o pedido:

— Também sou doido por *sundae* com calda de chocolate.

Não respondi. Não iria ficar falando de sorvete depois de tudo o que tinha ouvido. Estava lá porque ele praticamente me empurrara para dentro do táxi. Mas se me tratasse mal eu o deixaria falando sozinho!

Dali a pouco chegaram os sorvetes. Ele pegou a colher. Enfiou na boca.

— Está uma delícia! — exclamou.

— O que tu queres, afinal? Já não dissemos tudo o que havia para dizer?

Ele me encarou, sério.

— Um homem rico e famoso passa por muita coisa na vida. Quantas vezes tentaram me processar por paternidade? Você nem sabe. Todas eram tentativas de golpes, mentiras. Quando eu era jovem e pobre, sonhava muito com o que tenho agora. Mas os sonhos, quando acontecem, não são como a gente pensa. Descobri que muitos amigos só estavam perto de mim porque sou famoso.

Gostavam que eu fosse às festas, em suas casas, para me exibir como um troféu. Eu me apaixonei muitas vezes. E também me decepcionei. Muitas namoradas só queriam saber da minha fama e do meu dinheiro.

— O que isso tem a ver comigo? O teste provou que não inventei coisa nenhuma.

— Eu passei a desconfiar de todo mundo. Criei uma casca. Quando você apareceu com o processo, o escândalo das reportagens, pensei: "É mais uma!" Depois, saíram as matérias falando da sua mãe e me lembrei. Eu me lembro perfeitamente da Cléo! Bons tempos. A gente não tinha nada, e tinha tudo. A vida era muito legal!

— Eu acho que mamãe foi sempre assim. Não tinha nada, e tinha tudo.

— Mas continuei desconfiado. Apareceu aquele outro sujeito, achando que podia ser seu pai. O escândalo era cada vez maior. Os advogados discutindo. E também começou a prejudicar minha carreira.

— É só na carreira que você pensa?

— Eu amo ser ator. Não sou capaz de viver sem atuar. Quando eu falo em carreira, você pensa que é só dinheiro. Mas não é. Fazer um personagem me preenche, me torna feliz. Não é só pelo que eu ganho. Talvez por isso eu tenha dado certo como ator. Amo fazer o que eu faço! O dinheiro vem como consequência.

Ele me olhou atentamente.

— Eu acho que você entende, não é?

Fiquei quieta. Eu entendia. Ele continuou.

— Quando eu olhei pra você de perto, vi tantos traços da minha mãe! Traços meus! Mas olhos azuis, lábios cheios são detalhes genéticos. O teste já havia confirmado que sou seu pai. Eu esperava que você tivesse os traços da minha família.

Em seguida, pela primeira vez, sorriu.

— Mas quando você levantou, disse tudo o que pensava e rasgou o cheque, eu me senti mexido por dentro. Eu teria feito o mesmo que você! Quantas vezes rejeitei boas propostas, bons salários, bom dinheiro! Eu nunca quis vender meus sonhos. É tão surpreendente, Cibele! Você foi criada longe de mim. É a primeira vez que conversamos. Mas não é uma estranha. Você é igualzinha a mim.

Senti um calor por dentro. Será que eu estava entendendo direito? Ele concluiu.

— Quando você agiu daquela maneira, meu coração falou comigo. Tive orgulho de você, porque vi que é... íntegra! Mesmo que não tivesse o mesmo comportamento que eu teria, sua coragem me teria conquistado. Agora sei que sou seu pai. Não pelo teste de DNA. Mas pelo sentimento. Você faz parte da minha família. Quero que vá conhecer minha mulher e seu irmão, ainda bebê. Vamos nos conhecer bem, um ao outro! Quero ser realmente seu pai.

Quase nem pude responder de tanta emoção. Perguntei:

— Então, eu posso dizer a palavra que nunca disse? Posso dizer com todo o significado que ela tem? Posso dizer pai?

Ele abanou a cabeça.

— Mas você já disse a palavra pai mil vezes, Cibele. Por que insiste que é a palavra não dita? Você já disse pai, com esperança, que eu sei. Já disse pai, com desespero, quando não a reconheci em nosso primeiro encontro no *shopping*, como vi no jornal. Depois, com mágoa, quando me recusei a fazer o teste. E com raiva, agora há pouco, quando rasgou o cheque.

Tremi.

— Mas então não posso te chamar de pai?

Ele fez que sim.

— Claro que pode. Só lembrei que pai você já disse inúmeras vezes. Eu é que ainda preciso dizer uma palavra, uma palavra que até agora permaneceu muda entre nós.

As lágrimas rolavam no meu rosto. Lágrimas quentes de alegria.

— Mas então qual é essa palavra? A palavra que nunca foi dita?

Ele estendeu a mão e pegou na minha carinhosamente. E disse, simplesmente:

— Filha.


FIM

# Minha palavra

Quando minha mãe estava doente, uma amiga me aconselhou:

— Diga a ela tudo que você sente, enquanto ainda está aqui.

Foi o que fiz. Minha mãe partiu pouco depois. Mas eu me senti bem por ter tido a oportunidade de lhe dizer o quanto a amava.

Muitas vezes uma palavra fica sufocada na garganta por muito tempo. A gente sufoca a ternura, o riso, o desabafo. Ao resolver escrever este livro, pensei em quantas palavras deixei morrer no silêncio. Quem sabe uma palavra de simpatia teria me trazido um novo amigo? A de afeto teria ajudado alguém a passar por um momento difícil! Pensei muito em quanto uma palavra pode significar. Sou também autor de novelas de televisão. No meio artístico, já tive a oportunidade de conviver com situações dramáticas, como a que narro agora. Às vezes, uma situação que poderia ser resolvida em uma troca de palavras transforma-se em um processo onde se discutem direitos, dinheiro. Mas raramente os sentimentos.

A palavra tem valor. Não é um simples conjunto de sons ou de caracteres. Alegria, amor, carinho, solidariedade, raiva, tudo pode ser comunicado por meio da palavra. Criei uma história em que falo justamente da importância de uma palavra. Desde que traduza um sentimento, uma relação ou situação. Senão, é a palavra oca.

Pode ser preciso esperar muito tempo para dizer a palavra não dita. Aquela está presa, esperando o momento de sair. Todos nós temos uma palavra assim, guardada. Muitas vezes é simplesmente: amor. E ela não pode vibrar enquanto não se achar a pessoa certa, por mais que o coração esteja pronto para se apaixonar!

Seja qual for, quando chega a hora certa a palavra não dita se torna palavra viva. Quis contar esta história porque é nessa força que acredito. Uma palavra pode mudar uma vida.

*Walcyr Carrasco*

Dramaturgo e roteirista de televisão, Walcyr Carrasco nasceu em Bernardino de Campos (SP), em 1951. Depois de cursar jornalismo na USP, trabalhou em redações de jornal, exercendo funções que vão desde escrever textos para coluna social até reportagem esportiva. Autor das peças de teatro *O terceiro beijo*, *Uma cama entre nós*, *Batom* e *Êxtase*, escreveu os livros infantojuvenis *Irmão negro*, *O garoto da novela*, *A corrente da vida*, *O menino narigudo*, *Estrelas tortas*, *O anjo linguarudo*, *Mordidas que podem ser beijos* e *Em busca de um sonho* (todos pela Moderna) e também minisséries e novelas de sucesso, como *O Cravo e a Rosa*, *Chocolate com pimenta* e *Alma gêmea*. *O golpe do aniversariante* e *Pequenos delitos* reúnem parte de suas crônicas, publicadas originalmente pela revista *Veja SP*.